Children who Chase Lost Voices from Deep Below

追逐繁星的孩子 * 新海诚 原作 * 安岐坂朝日 著

瞬

在地下世界雅戈泰长大的少年。为了亲眼看一看“无论如何都想要看到的东西”来到地上，与明日菜邂逅之后又消失了。

心

在雅戈泰长大的少年。瞬的孪生弟弟。为取回哥哥留下的格拉维斯而来到地上。

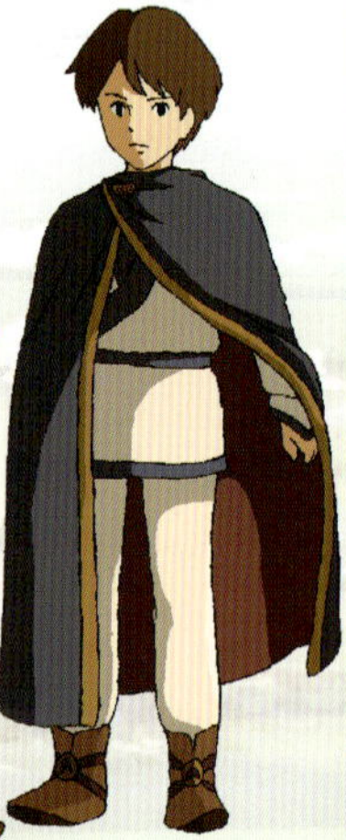

森崎老师
（森崎龙司）

前往明日菜就读的小学赴任的国语老师，年轻时失去了妻子的他其实还有着另外一面……

丽莎

十年前去世的森崎老师的妻子。

明日菜（渡濑明日菜）
在山间小镇长大的少女。和母亲相依为命，有着超出年龄的坚强，却总是感到寂寞。因为和少年瞬的相遇，踏上了冒险之旅。
咪咪
明日菜喂养的、外形酷似小猫的动物。

追逐繁星的孩子

新海诚

上海译文出版社

目录

追逐繁星的孩子

第一章

位于沟之渊小镇上的那所学校毫无悬念地被命名为“沟之渊小学”。

原本，沟之渊就是一个远离尘嚣的山间小镇，完全没必要开设两三所小学，所以起那样一个名字就足够了吧。

建于昭和初期的木结构校舍早已陈旧褪色，倒也别有一番古朴的韵味，但是对于这栋即便是白天看起来也有幽灵出没的校舍，渡濑明日菜却怎么也喜欢不起来。

——真的是很可怕啊！

连玻璃窗上映出的自己的脸，一不留神也会看成是幽灵呢。

可那张脸上明明有着可爱的大眼睛、端正的鼻子、小巧的嘴巴，还有与五官非常相称的俏皮短发呀。

之所以会想到这些，可能是因为自己从正在六年级教室里如火如荼上演的“公开处刑”活动中走神了吧。

“公开处刑”——又名“答卷发还”。

其实，这并不是什么稀奇古怪的场景。只不过是老师一边公布期末考试的分数，一边把答卷发还给学生。

仅此而已。

不过，明日菜却不太喜欢这种发还答卷的方式。

也许别人会觉得意外。

但是，正如考得糟糕的学生有他们各自的原因那样，成绩优异的学生也有取得高分的理由。对于明日菜而言，那张试卷只需上课时认真听讲便能轻而易举地考取满分，可即便如此，班上依然有只考了二三十分的同学。在他们的眼里，每次考试都能轻松斩获第一名的明日菜自然就成了嫉妒的对象。

“渡濑明日菜——”班主任池田老师点到了她的名字。明日菜踩着吱嘎作响的地板走向讲台。因为怀孕而大腹便便的老师接着说道，“这次，明日菜同学又考了第一，真的是很努力。”

“……谢谢。”

唉，老师怎么说那么多？明日菜一边在心里嘀咕，一边出于礼貌轻声道谢。不出所料，在接过试卷走回自己座位的途中，一阵窃窃私语传入她的耳中。

“明日菜又考了第一。”

“不愧是班长，还真会死命 K 书呢。”

“就是、就是！”

——拜托，我没有那么拼命好不好，明日菜想。不过，她嘴上却什么都没有说。

要不下次考试我故意考砸吧（什么嘛，那样可不行！）

一声叹息从嘴里溜了出来，明日菜回到自己的座位上。

接着，答卷发还又持续了一阵子。

“最后，有一件事要提醒大家注意。”结束了“公开处刑”后，老师双手支在讲台上说道，“最近接到几位同学的报告，说是在小渊附近看到了熊。为了安全起见，请大家回家时不要绕道。”

听到这句话，原本正呆呆看着试卷的明日菜猛然抬起头。

（……熊？）

明日菜钟爱的那个高岗就位于小渊的山腹。

她时常在那个可以俯览整个小镇的高岗上听着收音机度过放学后的时光。

也许你会觉得作为一个小学六年级的学生，那样一种放学后的生活未免有些寂寞吧。

错了！ 即便是明日菜，其实也和别的孩子一样渴望拥有朋友，憧憬着放学后能和朋友一起玩耍。

不过——她却不知道该如何与朋友相处。

所以，对明日菜而言，从“无需在意他人”这一点来考虑，小渊的高岗是一个能让她心情舒畅的绝佳场所。

接下来，在说完了其他几个通知后，学生们起立行礼，放学前的班会活动终于结束了。

快点回家吧。

明日菜边想边走向鞋柜。这时，背后传来了招呼声。

“明日菜——”

回头一看，身后站着同班同学矢崎优。

看见明日菜回头，小优笑着邀请道：“我们一起回家吧？”

好开心啊！

虽然很开心——但是，明日菜却不知道该如何回应。

“啊……这个……”

怎么说才好呢？

如果结伴回家的话，这一路上又该说些什么呢？

与其两个人都觉得尴尬而变得疏远，不如保持现在的距离更好一些。

一瞬间，这个想法浮现在脑海，明日菜回答：“嗯……

不好意思，我有急事要先走，下次再一起回家吧。”

“是吗，那就下次吧。”

小优遗憾地挥挥手，明日菜也向她挥手告别。

唉，又失败了……

她很清楚，正因为这样，自己才交不到朋友。可是明白归明白，如果必须想方设法才能交到朋友的话，她又不愿意这么费神费心。

她暗自懊恼，换好鞋走出学校。

眼前展现的是一个山间小镇的风貌。

没有一座建筑物是超过三层的，田野一望无际，泥石小路纵横交错。极目远眺，只看到被树木笼罩的群山，山间随处矗立的铁塔分外醒目。

沿着住宅区的碎石路往前走，穿过一个铁路道口，经过熟悉的米店，再沿着两边筑有石头墙的坡道往上，就到家了。

明日菜的家是一栋沟之渊小镇上随处可见的两层日式小楼。有着能反射阳光的瓦屋顶，泛黑的白墙看得出已经颇有些年头了。没有大门，从宽敞的前院就可以畅通无阻地走到小楼的木门前——从这一点就可以看出乡间民风的淳朴与宽厚。

发现玄关旁的车库里停着一辆白色的车，明日菜的心里泛起一阵小小的喜悦。

——妈妈在家！

对于明日菜来说，这可是一件值得高兴的大事。

“我回来啦！”

扭开玄关的锁，她向屋内喊道。

“回来啦，明日菜。”

屋里响起妈妈的声音。

明日菜兴高采烈地脱下鞋子，跑进客厅。这时，穿着睡衣的妈妈从卧室里走了出来。明日菜连忙从书包里拿出试卷，“妈妈，我，今天……”

“啊……明日菜，对不起哦，这些以后再说行吗？今天我要上夜班，现在想睡一会儿。”妈妈的声音里透出浓浓的倦意。

平日里总是雷厉风行、飒爽干练的妈妈是一家诊所的护士，昨天上的也是夜班。一想到母亲满脸倦容后隐藏着的严重睡眠不足，明日菜突然就没了向她诉说考试所带来的一喜一忧的心情。

“是这样啊……妈妈，您好好休息吧。”

“对不起啊，明日菜。”

“没关系的。”

为什么要道歉呢，我才应该说声感谢呢，明日菜想。原本在睡觉的妈妈因为自己回家而特地从床上爬了起来。

明日菜转身向玄关走去，“我出去一下。妈妈，工作可要加油哦！”

“谢谢，出门小心。”

明日菜跑出家门，沿着坡道往下走，和熟稔的老婆婆打了个招呼，一路往前。在确认没有被任何人看见之后，她从经常穿过的那个道口处拐了个弯，沿着铁轨向前走。

目的地是小渊的山里。

明日菜喜爱的那个高岗。

*

要到明日菜喜欢的那个高岗必须通过一座横跨于山谷之上的铁路桥。为单向列车而架设的桥肯定不会太宽，但桥与谷底河面的距离足足超过了十米。不过，明日菜从未觉得害怕过。因为火车要间隔数小时才开过一班，而且即便如此，为了安全起见，她也不会忘记把耳朵贴到铁轨上听一听，再加上桥是用坚固的钢铁材料建造的。

正当明日菜想要如往常般穿过铁路桥时，突然感到似乎有什么异常，她停下脚步。

从结果来看，她的感觉可以说是太迟钝了——

小鸟、虫子……全都不叫了。

初夏季节。

各种各样的野鸟、蝉本应叫得正欢。

明日菜疑惑着，然后终于发现了“它”。

“它”绝对不是潜伏在什么地方的阴影下，和自己的距离只有短短十米左右。

然而，明日菜的双腿已经吓得发软，根本无法动弹。

“什么呀？ 这是……”

铁路桥上赫然出现一头见所未见的咖啡色动物。

总而言之，它很大、很大、很大。

——快点逃啊！

虽然本能的恐惧感告诉她必须逃跑，但身体却完全不听指挥。

大脑的一个角落里竟然还在冷静地分析，明日菜先是觉得那个动物可能是一头熊。但是，它比在电视上看到的熊要大得多，背上有着若干奇形怪状的突起，直立后，腹部呈现出蓝色以及绿色的几何状图案。

是怪兽吧？

正思索着，那头怪兽却一瞬间移动到明日菜的眼前。它的脸几乎快要贴上她的脸，从鼻中呼出的气息吹动了明日菜的头发，它举起右臂，对准明日菜就随随便便地挥了下去。

当时我在想些什么呢？ 明日菜自己也不知道。

完了！ 死定了！ 我要被杀死了！ 脑海里浮现的到底是哪个念头呢？

无论是哪一个，都八九不离十吧——

她不知道究竟发生了什么事。

只感到有一阵风掠过。

等回过神来，明日菜发现自己被一个少年抱在怀里。而自己所处的位置也已经距离那头怪兽十米之远，脱离了它的攻击范围。数秒之后，她才意识到自己得救了。

少年慢慢地把明日菜放下地，一边挡在她身前，一边转过头，对她露出一个温柔无比的笑容，“没事的。”那口气就像是在对一个小孩子说话。

那是一个一头长发、很容易被误认为女孩子的美少年。年纪应该和明日菜差不多，或者稍大一些。

明日菜感到胸口一阵剧烈的心跳。

——哇，好帅啊！

面临如此严峻的状态，却还有工夫想这些，自己还真是非同一般呢。

少年转过头去，与怪兽面面相对，五官分明的脸一下子变得严肃起来，他从白衬衫的领口处掏出一样东西。

那是一个宛如水晶的吊坠，在阳光的照耀下反射出蓝色的光芒。

少年一边轻轻地晃动吊坠，一边静静地靠近怪兽。那头怪兽发出野兽般的低吼声，目光紧紧盯着少年手中的吊坠——啪叽一声，怪兽咽喉处一团肉块似的东西掉在地下。

明日菜的双眼无法从那团形状怪异的肉块上移开。

“死期到了。”面向怪兽的少年似乎是在对明日菜说，又似乎不是，“留在地上的那些东西的下场……就是这样吗？”

明日菜不明白他到底在说些什么。

就在这一瞬间，少年高高跃起，避开怪兽劈面挥来的右爪。他的长发随风飘扬，在落地的一霎猛然飞起一脚，怪兽的腿应声裂开，鲜血飞溅而出，它发出震耳欲聋的惨叫。

明日菜不知道此时少年的眼中为何会流露出悲伤的神情。

不过，她还是大叫起来——

“住手！ 别杀它！”

并不是出于什么动物保护主义，而是明日菜觉得那个少

年其实并不希望杀死怪兽。

就在少年因为明日菜的叫声而分神的瞬间，怪兽抓住机会发动突袭。

它再次横扫而来的右爪抓住了少年，轻而易举地把他抛了出去。少年的身体撞上了铁路桥的栏杆，发出了痛苦的闷哼声。他立刻试着站起身来，可还没等他站稳——

明日菜眼看着怪兽的爪子就要将少年撕裂，但下一个瞬间——

“刷！”

少年的吊坠发出一道强烈的光芒。怪兽被强光震慑，停止了动作。

少年似乎想要掩盖住那道光，用左手——右手由于刚才怪兽的一击已经受了伤，无力地垂落在身体一侧——按住那个吊坠，光芒从他的指缝间溢出。

“不要！”

就在少年大叫的一刹那，怪兽的下颌部好像被光线削下一般无声无息地消失了。

失去了脑袋的庞大身躯缓慢地倒卧在铁轨上。

莫名其妙……

因为莫名其妙，所以明日菜只是呆呆地站在那里。

少年咬着下唇站了起来，对着怪兽的尸体轻轻地低下了头。

此时，传来汽笛的鸣响声。

行驶中的火车发现了铁轨上的异物，连忙紧急刹车。少年对正慢慢停下的列车视若无睹，迈步走向明日菜。

“这是最后一次了。”

他说着再次抱起了明日菜的身体。

在短短几分钟内发生了这么一连串事情，明日菜的大脑中一片混乱。被少年抱起来虽然感到害羞，但她却不知道该说些什么才好。

“啊，那个……等一下。”她终于张口道。

少年再次对明日菜露出了温柔的笑容，“相信我。”话音刚落便从铁路桥上纵身跃下，丝毫不在乎桥面距离底下的森林有数十米的高度。

“呀啊啊啊啊啊啊啊——”

下坠所产生的过度恐惧感让明日菜陷入昏迷——

她的意识便在此刻终止。

第二章

（嗯……）

四周一片漆黑。

几秒钟之后，明日菜才发现自己正横躺着。

映入眼中的是夜空，空中有星星闪烁。

（咦？ 我——）

搜寻记忆深处。

前往自己喜爱的高岗途中，在铁路桥上遭遇了一头怪兽，被一个少年救下。

脑海中泛出的是这么一段荒唐离奇的记忆。

（也许……是一个梦吧）

正当这么想的时候，一个声音响了起来，“你醒过来了吗？”明日菜慌忙直起身。

明日菜躺着的地方正是小渊山中她喜爱的那个高岗。刚才记忆中那个长发的少年正坐在一块山岩上，回头看向她，脸上依然露出温柔的笑容。

（不是……梦吗？）

“已经没有危险了，放心回家吧。”可能是一直在等待明日菜醒来吧，少年说着起身离开。他温柔的声音让明日菜的心中充满了平静安宁的感觉。

“那个……”明日菜觉得无论如何必须对经过自己身边的少年说些什么，“是你救了我吧？ 谢谢！”

少年停下脚步，再次回头看向明日菜，“以后最好别再接近这座山了。”

留下这句话，少年就消失在森林中。

……这是怎么一回事呀?

在她还没有彻底理解那句话的意思之前，少年的身影已经隐没在森林中——明日菜注意到有一只猫咪小跑着跟在那个少年的身后。

“咪咪！”

那是从小时候起就一直陪伴着明日菜长大的猫咪。平时，只要明日菜一声呼唤就会立刻跑到她身边的咪咪今天却无视她的召唤，跟随着少年消失在森林中。

“……”

明日菜想要叫住少年和咪咪，却不知道该说些什么才好，只能目送他们离开。

*

长发少年站在小渊的高岗上仰望天空，咪咪蜷缩在他脚边打盹。

“老师……”正当他自言自语时，咪咪突然仰起头。

少年发现了，脸上浮现起像是为难又像是高兴的笑容。

“还是来了呀……我明明劝过她。”

听到这句话——也许是吧，咪咪“喵”地叫了一声。

少年摸了摸咪咪的脑袋，“是啊，其实我也期待她能来。”

话音刚落，少年注视着的前方出现了一个身影——

那是明日菜。

“我不是说过让你最好不要再来这里吗？”少年微笑着说。

“可是……”明日菜开口了，却不知道该如何解释才好，只得把接下来的话吞进肚子。

唉，自己怎么就这么笨嘴笨舌呢！ 真是讨厌这样的自己——

明日菜心中暗自懊恼，此时，她发现了少年身边的咪咪。

“咪咪——”

随着她的一声召唤，咪咪立刻跑到明日菜身边，脸在她的脚上亲热地蹭着。

“以前你不是只听我一个人的话的吗？”明日菜摸摸咪咪的脑袋，觉得轻松了一些，大脑中终于浮起刚才想要告诉少年的那些话，“……这里本来就是属于我的地方。没有任何人能禁止我来这里。”

她原本并没有斥责少年的打算，可就结果而言，不知不觉中就对少年昨天所说的话进行了驳斥。

不过，看起来明日菜的话并没有影响少年的心情，他只是微笑着回答：“……我也一样。”

“咦？”明日菜听不懂。

——一样？ 和我？

面对摸不着头脑的明日菜，少年说了句：“因为自己想来，所以我才来的。”接着就慢慢地站起身。

还是听不懂。

得好好想想。

明日菜概括了一下自己所说的话，再和少年刚才的话进行了一番对照。

虽然我被你阻止了，却因为想来这个理由而来到了这里——也就是说，这个人也被某人阻止了，却因为自己想来而来到了这里，应该是这么一回事吧？

（是谁？ 出于什么原因而阻止他的呢？）

明日菜还是不明白。

少年爽朗地对依然是一头雾水的明日菜说道：“我叫瞬，请多关照。”接着温柔地一笑。

这个人还真是很喜欢微笑呢，而且也很适合微笑——明日菜想。

说老实话，他还挺帅的。

脑海中划过这些念头之后，明日菜才意识到对方刚才是在做自我介绍呢。

如果只是自我介绍的话那应该没什么问题，因为自己也只需要自我介绍一番就行了。

“我是明日菜。”

话虽如此，简单的自我介绍到了明日菜的嘴里却变得直接而生硬。

——怎么可以说“我是明日菜”呢！ 连姓都没告诉人家——可转念一想，这个叫瞬的少年不是一样没有报出姓氏嘛，应该没关系吧。

明日菜的脑海里一个念头接着一个念头冒出来，她努力地想要跟上自己的思绪。明日菜再次看向瞬——啊，对了！外表漂亮的人应该听惯了赞美，在这种场合下也许可以夸奖一下他的穿衣品味什么的。

明日菜拼命地回忆自己曾经在少女漫画中看到的那些桥段——接着她突然发现瞬衬衣的右上臂那里正渗出鲜血。

“你流血了！”可能是受到身为护士的妈妈的影响，明日菜脱口而出。从小就对这类事情非常敏感的明日菜可不会对眼前的状况置之不理，“难道是昨天的……”

瞬仍然微笑着，回答：“啊，没关系的。”

“怎么会没关系？ 看起来没进行过任何处理呢！ 我来替你消毒一下吧，不过这里没有消毒药……啊，对了，你先坐下。”

“……嗯……好吧。”

似乎是屈服于明日菜的强势，瞬重新在岩石上坐了下来。明日菜思索片刻——因为找不到其他可以代替的东西，她把自己的围巾缠在瞬的手臂上，紧紧扎住，这样至少可以起到止血的效果。

“等一下还是去医院看看比较好。”

瞬盯着那条围巾看了一会儿，突然问道：“这里是属于你的地方？”

明日菜一下子没明白过来，但马上就意识到少年是接着先前自己说过的话在发问。义正辞严地声明这个小渊山中的高岗是“属于我的地方”的不是别人，正是自己。

明日菜点点头，有些得意地说：“是的，这里听收音机最清楚了。”

瞬愣了一下，问道：“收音机？”

他不会是连收音机都不知道吧？

不管怎么样，百闻不如一见——虽然觉得这句老话用在这种场合有点奇怪，但明日菜还是忍不住想要展示一下自己的宝物。

“你想听吗？”

瞬点点头。

明日菜立刻把手伸进岩石缝中，拿出藏在里面的饼干罐。这可不是一个普通的放饼干的罐，里面装着天线、谐振电路、检波电路和接收机。

没错！从小时候起，这个饼干罐就是明日菜的宝物——矿石收音机。

“用这块矿石代替二极管。”说着，明日菜从胸前的口袋里掏出一块蓝色的石头嵌入罐中。

矿石和收音机都是父亲的遗物。要说明日菜从父亲那儿得到的东西——如果仅仅从物品这个意义上来说，也就只有这两件了。

“不同的时间和天气，接收信号的情况也不一样。”

看到那块蓝色的石头，瞬的表情有一刹那的改变，明日菜却并没有注意到。

瞬指着石头说：“那块石头——”

“收到了！”

收音机似乎顺利地接收到了电波，明日菜开心地叫了起来，打断了瞬想说的话。

明日菜把耳机中的一个递给瞬，两人一起听了起来。

“是音乐节目啊。”她说道。

瞬却始终默不作声，他一边聆听音乐，一边思索着。

(是格拉维斯……)

没错。

(……我的运气实在是太好了。)

此时自己的一生在瞬的脑海中一幕幕浮现。

憧憬着地上的生活，任性地追随老师来到这里。

——就算知道来到地上会让自己更早地面对死亡。

对瞬的想法一无所知的明日菜从书包里拿出一个三明治递给正仰望天空的他，“吃吗？”

这可是明日菜独家制作的三明治噢。虽然只是简单地夹了培根、莴苣和西红柿，但对于它的美味，明日菜可是很有自信的。

“……谢谢，我正好饿了。”

明日菜自己也拿出一个咬了一口，“以前……”她向温柔地注视着自己的瞬说出了一个之前从未对人提及的秘密。连她自己也不清楚为什么会有这种感觉。虽然不清楚，但是她觉得可以放心地告诉瞬。

“我曾经听到一段很奇妙的旋律，不过只有一次哦！是一首以前从来没有听到过的、不可思议的歌曲……就好像是谁的心就那样变成了音乐一样——”

瞬的脸上浮起难以掩藏的震惊。

“听到那首歌的时候，幸福和悲伤一起涌过来，让我感到我并不孤单。”

怎么可能！听到这首歌的竟然是“老师”的女儿——

命运究竟开了一个什么样的玩笑啊！

“一直都留在心里……我多想再听一次！”

瞬不发一言。

他的沉默让明日菜突然不安起来，自己是不是又说了什么多余的话？怎么会对着一个素不相识的人喋喋不休地说了这么一大堆？也许是对方长得太帅了，让自己一下子忘乎所以起来。得赶紧弥补一下，可一时又找不到话头。明日菜怯怯地开口道：“……瞬……君？”

瞬默不作声。

（唉——）

看着咪咪追逐夏日的飞虫，瞬的心中思潮翻滚。

（已经没有遗憾了。）

太阳慢慢地、慢慢地沉了下去。

眺望着西方天空中残存的一抹橙色，瞬微微笑了起来，“……明日菜，你什么都没问我。”

突如其来的话让明日菜条件反射般地张口问道：“什么？”

瞬依然微笑着，“你一定有许多疑问吧。”

许多疑问？

没错！仔细想想，虽然刚才忘记了，事实上的确有一大堆的问题想要问瞬。想要让他解释一下昨天发生的事情，可不知道该如何说出口，所以明日菜先用寻求确认的语气问道：“……那个，是关于那只好像是熊的动物的事情吗？”

“对。”

“嗯……不过，现在已经不想问了，因为疑问实在太多了。要一个个问的话恐怕得花很长一段时间。”

这是真心话。不过，不可否认的是，此时明日菜的心中大概产生了这样一种想法——如此一来，就有了明天再见面的借口了。

“明天我还会来这里。”

到那时再问也行，明日菜这样想。

瞬什么都没说，慢慢地躺倒在地面上。接着，自言自语般地轻声说道：“我来自遥远的雅戈泰。”

从来没听说过，雅戈泰？

“……是外国吗？”话一出口，明日菜才发现自己的问题是多么的愚蠢。无论怎么看都不会是日本的地名，肯定是外国啦——和一个来自国外的人交谈，对于明日菜来说还是第一次呢。

然而，瞬并没有回答明日菜的问题，他接着说道：“这里有我无论如何都想要看一看的东西，还有无论如何都希望见上一面的人。”接着，他从衬衣的胸前拿出那个吊坠。

蓝色水晶般的宝石——格拉维斯。

他对着夕阳举起吊坠，“——不过，我已经没有遗憾了。”

瞬的话，明日菜能听懂多少？她只能接着对方的话说：“……愿望已经实现了啊。”

瞬没有回应，坐直身体，说了句：“天黑前快点回家吧。”

他赶我回家了。可能是自己说了什么不该说的话吧，明日菜不安起来，却无法压抑想要和瞬待在一起的念头，哪怕是一小会儿也好。

“嗯，蝉鸣声停了我就回家。”她说。

唯有这件事我必须要做，瞬想。

“明日菜……”最后——在临死前，瞬说，“我祝福你。”

“什么？”

明日菜依然不明白少年的话是什么意思，瞬为什么突然对自己说出这样一句话。

“闭上眼睛。”

满心疑惑的明日菜乖乖地闭上了眼睛。

瞬在她的额头上轻轻一吻。明日菜吃惊地睁开眼，“咦，刚才……那个……”

瞬平静地看着满脸通红的明日菜。

而后者对于刚才发生的事实在是难以置信，不会是在做梦吧，她觉得必须得确认一下，“你亲、亲、亲……”

明日菜结结巴巴，始终不能把“刚才你亲我了？”这句话说完整。

“明日菜……”瞬觉得一定要把这一点告诉她，在自己临死前，“我只希望你能活下去。”

“啊……这个、那个……”

明日菜不知道瞬对她说的话有多么重要——不如说，她还没有从亲吻所带来的冲击波中缓过神来。

对于一个多愁善感的十一岁女孩来说，被一个帅气的男孩亲吻了（即便只是额头），那也绝对是一件令人震惊的事情。

总而言之，她非常害羞，觉得再也待不下去了。

“我先……先走了……明天见。”对于瞬话中的重要意味丝毫没有理解的明日菜，慌忙告别后，把矿石收音机塞进书包——

再次重申约定，“明天见。”说完便离开了。

他亲了我、他亲了我、他亲了我、他亲了我——

这四个字占据了明日菜的脑海。

留在原地的瞬，目送明日菜的背影消失后，转过身来。

眼前是一片美丽的景色，地上的景色。

看着看着，时间便这么不知不觉地流逝了——

空中开始有星星闪烁。

一直一直想要看到的。

一直一直憧憬的。

地上的、闪耀着星光的夜空。

瞬对身边的咪咪说："你的名字真不错。"他闭上了眼睛，又睁开，"请代替我把明日菜引领到一个美好的地方。"

那就是瞬临死前对别人说的最后一句话。

向前一步，接着他自言自语道："——我现在非常害怕。"

满天星光。

多么美、多么美的夜空啊。

"不过，我也同样感到幸福。"他向着大海伸出手，似乎要抓住天上的星星，"好像一伸手就能摸到。"

视野旋转。

然后——

第三章

第二日清晨。

明日菜的一天基本上都是从准备早餐和便当开始的。

煎鸡蛋、香肠、菠菜再加上昨晚剩下的鱼——今天也是老样子，明日菜正在准备便当，门外传来汽车的声音。是值完夜班的妈妈回家了。

“回来啦，妈妈！”明日菜抢在妈妈开口之前高兴地招呼道。

妈妈走进厨房，“我回来了，明日菜——哟，是便当啊，怎么有两个？”

明日菜的心一下子怦怦怦地跳了起来。

不能说是给男孩子做的吧。

“嗯，是给朋友准备的。”她一边装着若无其事地回答，一边盖上便当盒的盖子。明日菜没有告诉妈妈她做今天的便当要比平时多花了一些心思。

“妈妈，吃早饭吗？我都准备好了。”

“谢谢，明日菜。”

“我也一起吃吧……”

和妈妈一起用餐，对明日菜来说是为数不多的乐事之一。没有比一个人吃饭更寂寞的了。两个人一起吃饭，感觉美味也会加倍——这也许是因为明日菜从小就生活在单亲家庭的缘故吧。

可是妈妈却吃惊地问：“你不是已经吃过了吗？”

的确，明日菜已经吃完早餐了，不过，她立刻想出了对策，“我还可以再吃一碗。觉得肚子还不太饱呢。”

她想和妈妈一起围坐在餐桌边。

仅仅是这样而已。

妈妈看了看手表，转向明日菜，“不行，快去上学吧，可别迟到了。”说着就边脱外套边走进卧室。

“……”

上学迟到当然不行，可明明能够赶得上的呀。所以，至少可以坐在一起吃顿早饭嘛。

可能是并没有看到明日菜不满地鼓起腮帮子的模样，从卧室里传出妈妈的声音，“明日菜……”

什么事？

不管是什么事，只要是能和妈妈说上几句，明日菜就已经很开心了。她怀着小小的期待等妈妈说下去，可接下来的话却出乎她的意料。

“晚上我们出去吃饭吧，今天一整天我都休息。”

“真的！？”太开心了，简直是心想事成啊。已经有多久没和妈妈一起在外面吃饭了——回想一下，实在是太久远了，久远得都回忆不起来了。

“那我六点之前回家！”

“六点？ 今天是周六吧？ 你去哪儿呢？”

妈妈的疑问也很正常。不过，如果告诉她自己是要去见一个男孩，恐怕会让她担心吧，也很有可能会被她取笑。无论哪一种结果都是明日菜希望避免的。

“我去朋友那儿！”明日菜兴高采烈地拿起背包，向玄关跑去。

“路上小心！”跑出来送她出门的妈妈只看了一眼，立刻就发现了，“——明日菜，你的围巾呢？”

“嗯，那个……”这可不能坦白交代，“丢了！ 我会再买一条的！”

说着，明日菜便赶紧穿上鞋子，“我走啦！”她头也不回，兴冲冲地跑出了家门。

明日菜脚步沉重地回到家，推开玄关门，探头朝屋内叫道："我回来啦，妈妈，给我条干毛巾好吗？"

拿着浴巾出现的妈妈脸上不知道为什么流露出紧张的神色。

发生什么事了吗？

妈妈并没有理会明日菜的想法，问道："你没带伞吗？"

"嗯。"明日菜点点头。

妈妈用毛巾擦拭明日菜的头发。

都上小学六年级了，怎么还能让妈妈替自己擦头发呢。

明日菜这么想着，对妈妈说了句："我自己会擦。"可妈妈并没有停下手中的动作——

突然，她把明日菜紧紧地搂在怀里。

明日菜一头雾水。

"唉？ 妈、妈妈，怎么了？"

"……明日菜，你冷静地听我说。"

明日菜从妈妈的声音中感觉到事情不同寻常，她倒吸了一口凉气。

"嗯……"妈妈沉重的鼻音足以让明日菜产生一种不祥的预感。

像是在对年幼的孩子解释什么似的，妈妈慢慢地、一字一顿地说：“在你喜欢的那个高岗下的河滩上发现了一个男孩的尸体，他的手臂上缠着你的围巾，明日菜……那个孩子，他已经死了……”

明日菜的大脑中有一瞬间的空白，她不明白妈妈的话是什么意思，但觉得必须加以否定。

那不可能、不是事实、无法接受！

瞬死了！？

“一定是认错人了！ 因为，他根本不会掉下去！”

“明日菜……”

“没事的，搞错了，不用担心！”为了摆脱越来越强烈的不安，明日菜不停顿地说着，“啊，对了，今天下雨，我们下次再出去吃饭吧？ 我还要做作业呢！”说完，明日菜就起身跑开了。

“明日菜……”

“我说了没事的！”

明日菜没有理会妈妈，径直跑上楼梯——

她透过窗户看向屋外。

被雨幕笼罩的世界。

一片漆黑，看不见小渊山中那个明日菜心爱的地方。

无法想象，瞬竟然死了……

第四章

第二天，学校六年级的教室里有些闹哄哄的。

那是因为作为池田老师产假期间的代理班主任，来了一位名叫森崎龙司的老师。他戴着眼镜，面容精悍。

男生们对于没能来一位女老师颇感遗憾，纷纷发着牢骚，女生们却都众口一词地认为“新老师还挺帅的”。

至于明日菜，老实说她根本没心情考虑这些。瞬也许已经死了——这个念头始终萦绕在她脑海中，从昨天开始除了这件事外，她压根儿没考虑过别的。

现在是国语课时间，森崎老师正在讲解《古事记》的第一节。

“伤心欲绝的伊邪那岐[1]为了让死去的妻子伊邪那美复活，决定去往地底的黄泉之国。”

让死去的妻子复活——

这句话立刻触动了明日菜。

真的能让死去的人复活吗？

森崎老师继续讲解，“在深深的地底，伊邪那岐终于与伊邪那美重逢。然而，伊邪那美却说：‘我已成为死者之国的居民。但是如果得到黄泉之神的允许，我就能够回到你的身边。只有一个条件。那就是在我与神交谈的时候，你千万不要看我。’可是，伊邪那岐没有遵守约定，他打开了黄泉之门。最终，妻子没有回到伊邪那岐的身边——这是《古事记》中记载的一段神话。”

啪的关上教科书，森崎继续说：“世界各地都有为了让爱人复活而潜入地底的传说和神话，黄泉之国、地狱、香格里拉、雅戈泰……”

“——唉？！”

原本看着教科书的明日菜猛然抬起头。

雅戈泰——

瞬就是从那个地方来的。

明日菜表情的变化并没有逃过森崎的眼睛，可他却若无其事地继续讲课，“虽然叫法各不相同，但都暗示了地下世界的

---

1 伊邪那岐是日本神话中的男神。奉天神之命，与伊邪那美一起从高天原下凡，缔造了日本国，生下诸神。

存在。曾经，人们认为地下有着人类死亡的秘密。”

放学后，明日菜去了图书馆。

也许能够让瞬复活——

其实也并不是如何认真地在思考这么荒诞不经的事，只不过森崎老师的课让她念念不忘，所以想要查找一下关于雅戈泰的资料。

然而，再怎么历史悠久，毕竟也只是小学图书馆。描述地下世界传说的书几乎一本也没有，只有一些书上写着世界各地都有类似的传说，这一点森崎老师也说过，但除此之外就没有其他发现了。

带着几分失望，明日菜离开了图书馆。该怎么办呢？干脆直接去问森崎老师吧——她正思量着，身后传来了小优的声音，“明日菜，你回家吗？”

“小优……”明日菜拼命控制住自己欣喜兴奋的声音，她可不想被别人当做是为了这么点小事就欢天喜地的奇怪家伙。

“一起回家吗？”

面对邀请，明日菜心里开心得要死。

虽然很开心，但同时又很困惑。小优为什么会邀请我呢？大概是因为她还不知道我的弱点吧？要是两人一交谈，她进一步了解了我，可能就会讨厌我了吧——

“啊……这……那个……”

必须拒绝。

在这种想法的驱使下，她对小优说：“我……我……有点事要去问森崎老师。”

这并不是假话。

虽然之前一直在犹豫，但话既然说出了口，就不妨真的付诸行动。

不过，小优却微笑着说：“那我就等你吧，应该不需要太多时间。”

“唉……啊……”

的确，一般情况下，去问老师问题是花不了多少时间。小优都这么说了，再要拒绝的话，恐怕真的会被讨厌了。

“那……那……嗯，你就等我一下吧。”

明日菜的心怦怦直跳。

今天，要和小优一起回家。

两人同行的路程有多长？这一路上该说些什么呢？

明日菜暗自思忖，这时，小优压低声音说：“不过，我有点怕森崎老师，今天的课也有点儿可怕。”

“可怕?”

虽然有点意外——但也许的确如此。

亡者如何如何,复活如何如何,一般的孩子可能都会觉得害怕吧。

明日菜想着点了点头,小优接着说:“刚才,我听见池田老师说,森崎老师的妻子已经去世了。”

明日菜敏感地觉察到小优的言下之意。

今天上课的内容。

老师去世的妻子。

把这两者放在一起,答案呼之欲出。

——老师是想让死去的妻子复活。

小优想说的就是这个吧。

一定是这样的,自己不也在想着能不能让瞬复活吗?

“怎么了? 明日菜?”

小优担心地问,明日菜似乎陷入了某种沉思。

“没……没什么……那我就去了。”

明日菜慌忙摇头。

“好。”

留下跟在自己身后的小优,明日菜走到办公室门前。

明明没做什么坏事,可为什么一站在办公室门前就觉得紧张呢？明日菜边想边敲了敲门，“对不起，请问森崎老师在吗？”

她踏进办公室内——

结果却是白跑一趟。

“森崎老师已经回家了。”听了池田老师的话，明日菜觉得绷得紧紧的神经一下子松了下来。可是，如果真有能让瞬复活的方法，她希望尽早知道。这个念头让她吐出了下一句话，“那、那个……”

“什么？”

“您能告诉我森崎老师家的地址吗？”

虽然这个请求很突然，但池田老师还是把森崎老师家的地址详细地告诉了明日菜。也许是因为她察觉到明日菜有迫切想要询问的事情吧。

走出办公室，明日菜看到小优正在门外等着。

几乎忘了小优在等着自己的明日菜连忙说：“啊，对不起，让你等了那么久。”

小优笑了，“没关系，我本来以为还要再花点时间呢。”

她的话让明日菜开心起来。尽管觉得还要再花点时间，却依然打算等自己——明日菜觉得不管怎么样都得道声谢，可又不知道该如何开口。

“这个……嗯……说是森崎老师已经回家了。”她终于憋出这么一句。心里后悔得要死,怎么就说不出“谢谢”这两个字呢。

不过,小优看起来一点都不在意。

“那我们就回家吧?”

“嗯,好吧。”

于是,明日菜和小优一起踏上了回家的路。

两个人并没有进行什么像样的交谈。面对提出各种各样话题的小优,明日菜老老实实地作了回答。仅此而已。

为了将对话顺利地进行下去,给出的回答应该能促使对方接着提问,或者反过来由自己这方主动提问——明日菜曾经在某一本书上学习过此类会话技巧,可是这些技巧根本派不上用场。

“那个……那我该往这边走了。”

一路上都在挖空心思应对,不知不觉就到了两人应该分道扬镳的地方。

明日菜懊恼着今天也没能和小优好好对话,情绪低落地道别,“嗯,明天见。”心想,总算最后自己还能挤出一个笑脸。

和小优告别后,明日菜静静地等了一会儿,原路折回。

她不想让小优知道，森崎老师的家在哪一边。

无论如何都要了解一下雅戈泰究竟是一个什么样的地方。

哪怕早一分钟也好。

就是放不下、放不下。

*

森崎老师的家在一幢老旧的公寓楼中。他正独自一人在用打字机写报告。

是打字机。

一台只能打ABC字母的打字机。

由此可知，文章是用英语写的。不用说，这份报告肯定不是提交给学校的。

这是他为一个名为“森崎中佐”的组织撰写的。

突然，打字的手停下了。

森崎的视线转向一只放在书桌上的手摇式八音盒。正在此时，对讲电话响了。

“……”

森崎打开玄关的门，站在门口的是明日菜。

这是明日菜第一次去老师家，心里七上八下的。但既然按下了对讲电话、既然森崎已经出现在自己面前，她就不得不开口说话。

“对不起，打扰了，我有些问题想要请教老师。”

“啊——你是渡濑明日菜同学吧？”

“是……是的。”

“同学们的名字我还没有全部记住，正想着万一搞错了该怎么办呢。”森崎愉快地把明日菜请进屋内，让她在客厅的桌边坐下。

客厅——说是客厅，还不如说是起居室比较合适，明日菜想。椅子、桌子、餐边柜、茶具。无论哪一件，对于明日菜来说都是不太常见的东西。

房间里到处都是一堆堆小山似的书本，说起来，老师的家应该就是这副模样吧。

“喝咖啡吗？”森崎亲切地问道。

明日菜被这出其不意的询问吓了一跳，慌忙回答：“唉？啊，好的。如果是放了牛奶的话应该没问题。”

森崎冲了两杯速溶咖啡，往其中一杯里多加了些牛奶，放在明日菜面前。然后在对面放下另一杯，自己也坐了下来。

明日菜道了声谢，心想：噢，对了，我还什么都没说呢。得快点开口啊。可又不知道到底该说些什么才好，最后得出结论——还是先寒暄一下吧。

“那、那个……突然来打扰您真是不好意思……我向池田老师打听了您的地址……”

“正如你看到的，我一个人住，不用那么拘谨。我刚搬来没多久，所以家里只有这些书……”森崎亲切地说着，用中指把眼镜往上推了推，“那么，你想问的事情是什么？”

“……”雅戈泰、亡者的复活，这些话应该不能说吧——明日菜在一瞬间做出了判断，“啊，那个，我想问一下今天上课时讲的内容。”

森崎的脸上浮现出笑容，却令人感觉有些阴森森的，“上课时你听得相当认真，难道有什么人你希望可以复活吗？”

“……唉？”明日菜无言以对。

要说她不想让瞬复活，那是假话。

可是，要把愿望付诸于口却总感觉——没错，感觉很危险。

森崎却似乎把明日菜的沉默视为肯定的回答。

“见到那个来自雅戈泰的少年的人就是你吧？”

“咦……”他怎么会知道？

森崎把一本笔记本放在满脸疑惑的明日菜面前，“你看看这个。”

笔记本的封面上写着“Mizonofuchi Report”（沟之渊报告）。

这倒还没什么奇怪的，标题下却用红色的油墨盖了一个章——“CONFIDENTIAL”。

机密文件。

看了这本笔记就再也不能回头了——明日菜并没有意识到这一点。

她打开笔记本，不解地翻看着几张贴了照片的页面。当看到一张照片时，她突然轻轻地叫了起来。

照片拍的正是那头像熊一样的怪兽的尸体。

发现明日菜的视线长时间地停留在那张照片上，森崎开口道：“我们称它为克查尔特，它是看护通向雅戈泰入口的守门人。”接着，他把另一本书放在明日菜面前，“还有一本，你觉得这个怎么样？”

在那本像是社会课资料集的书上印着许多奇异生物的图片。很难用一句两句话来说清楚——总而言之，和人类已知的生物不一样。

“和刚才那个有点像。”明日菜回答。

森崎点点头，“这是三千年前苏美利亚的古神像。这种神像曾经遍布世界各地，引领着当时尚且懵懂无知的人类——它就是克查尔特。”

“克查尔特……”

明日菜轻声重复，森崎再次点了点头。

“不久之后，人类渐渐成长，不再需要神的存在。觉得自己的任务已经完成了的克查尔特们留下守门人后，带领着若干氏族潜入地底深处。”

“氏族？”听到这个陌生的词语，明日菜不由得提出疑问。

森崎并没有就这个问题作出解释，“据说有少数人类追随克查尔特潜入地下，那就是地下世界雅戈泰的起源。在雅戈泰仍然残留着已经湮灭的神灵的睿智，那是一个能够实现所有愿望的神奇之地。”

此时，森崎脸上浮现出一种忘乎所以的笑容，让明日菜觉得不寒而栗。

森崎接着说，“——对了，甚至可以让亡者复活。”

亡者复活？！

明日菜咽下一口唾沫，“那个，雅戈泰真的……”

存在吗？明日菜的声音越来越小，说到最后几不可闻。

“这个嘛……也许只是一个传说。有各种各样的说法，我只是略作研究而已。”

“可是……”

——老师，您难道不想让妻子复活吗？

这次，明日菜依然没有把问题完整地问出口。因为森崎站起身，打断了她。

“回家吧，天快黑了。”

“老师……”

可能是因为相信瞬所说的话吧，也可能是相信真的能让瞬复活吧，明日菜自己也不知道到底出于什么原因，她张口说道：“我觉得雅戈泰一定存在。”

森崎听了会有什么反应呢？

可是，先前那种热切的语气已经消失了，他淡淡地叮嘱，“天马上就要黑了，不要绕道，直接回家吧。”

森崎的声音已经完全恢复到为学生着想的老师的语调。

*

回家的路。

在每天都经过的铁路道口，明日菜看见了咪咪。

“咪咪！”

一听到明日菜的声音，咪咪就沿着铁轨一溜烟跑了。

虽然不知道是什么原因，但明日菜觉得必须跟着它。咪咪飞快地跑在前面。

“等等我！”

如果是平时，咪咪一定会听自己的话的。

——到底是从什么时候开始，咪咪不再听自己的话了呢？

明日菜想了想，一下子想起来了——是从瞬出现之后。

“咪咪！”

追不上全速奔跑的小猫，不一会儿，明日菜就把咪咪追丢了。

这时——

明日菜已经跑到了铁路桥上。

接着，她发现——

抬头看，山腹中明日菜喜爱的那个高岗上，闪耀着蓝色的光芒。

明日菜迈开步子，在某种预感的驱使下，她的脚步越来越快，终于飞奔起来，向着高岗。

那个蓝色的光芒，那一定是瞬的宝石所发出的。

如果是那样的话……

明日菜一边喘着粗气一边向着高岗攀登，那里站着一个少年，披着不常见的皮革披风，身穿民族风格的服装。

那是瞬——

发现身后有动静的瞬回过头来。

他胸前的蓝色宝石闪烁着晶莹的光芒。

明日菜喜极欲泣,向瞬奔去。

"瞬!"她拉起瞬的手,无限喜悦,"瞬、瞬——果然是你!"

瞬还活着!

根本没有从高岗上掉下去。

明日菜的心中充满欣喜,不由自主地大声叫着。

然而……

瞬的反应却与明日菜的期待迥然不同。

他粗暴地甩开明日菜的手,戒备地问:"你是谁?"停了一下后,又自言自语道,"那家伙,难道和地上人接触过了吗?"

"瞬……"

面对明日菜的呼唤,瞬摇了摇头,"那家伙已经不在了,把发生的事都忘了吧!"

明日菜一脸茫然。

在混乱的头脑中组织好要对瞬说的话,正想要付诸于口时,突然,高岗上空出现了一架直升飞机。

飞机卷起狂风,探照灯无情地照向高岗上的两人,明日菜连忙伸手护住自己的脸。

“是天使长[1]……”瞬身上的披风猎猎作响，他转向明日菜，“我必须走了！”

然而——

就在瞬想要离开的时候，三个身穿军装的男人端着枪挡住了他的去路。瞬轻轻地咂了下舌，停下脚步。因为戴着面具和护目镜，所以看不出那些人的长相。

中间的那个男人向前迈出一步，“少年人，你是从雅戈泰来的吧？”说着，他向前伸出右手，“把格拉维斯交出来吧。”

明日菜完全搞不清楚状况。

枪？

是真枪吗？

跟不上这急转直下的事态，明日菜轻声嘟哝了一句，“这些人是……”

此时，直升机开始慢慢地移动。明日菜并没有意识到那是一架军用直升机——而机关枪的的确确正瞄准她和瞬。

“混蛋！”瞬抓住明日菜的手，转身飞奔。

中间的那个男人制止了身边想要开枪的两人。

---

1 天使长（Archangel），罗马天主教九级天使中的第八级天使，在文中有两层含义，这里指森崎所在组织的名称，是唯一掌握雅戈泰存在信息的组织；另一层含义，是心对森崎的称谓，暗含对其的不满。

瞬从高岗上奋力一跃，在半空中抱住明日菜，朝着森林落下——如果是普通人的话，从那种高度跳下一定有死无生，但……

“啊呀呀呀！”

不顾明日菜的惊叫，瞬以森林中树木的枝干为缓冲物，减缓下落的势头，安全地落在了地上，接着迅速地跑了起来。

确认了地面上的情况之后，直升机的机关枪开始向着地面扫射，扬起一片沙土。

眼看着瞬无法避开所有的子弹。

“别射中他们。”刚才的那个男人下达命令，“就让他带我们找到‘门’！”

当然，一路向前飞奔的两人并不知道追兵的这个意图。

*

石门。

如果没有瞬的带领，明日菜一定会把它看做是无法再前进的洞底。

瞬倾尽全身的力气把石门推向一边——隐藏的通道出现在眼前。瞬胸前的宝石绽放出蓝色的光芒。

“那块宝石……”

“是格拉维斯。为了取回这个，我才来到地上的。”

瞬边冷淡地回答，边向山洞的深处走去。

明日菜尽管仍然一头雾水，但也知道先前那些士兵般的男人不会善罢甘休，只能无奈地跟着瞬往前走。

“这样的话，那帮家伙就进不来了。出去的话，不需要格拉维斯，所以等到天亮后，你就回家吧。”

“你刚才说地上……”明日菜小跑几步，追上瞬问道，“那就是说雅戈泰是在地下喽？”

“你连这些都已经知道了吗？”瞬的口气似乎有些吃惊。

明日菜还是搞不明白，这些事情不都是瞬自己说出来的吗？

“瞬……你是不是失忆了？”

“我——”刚吐出一个字的瞬在地面上用力一跺脚，抱着明日菜跳了起来。瞬间之后，洞顶就四分五裂，直升机上的机关枪再次向两人扫射。

——糟糕！我想错了！

瞬立刻作出了判断。

因为直升机已经彻底射穿了山洞的入口。

“混蛋，那帮家伙就要进来了！”

紧跟着大步流星向前奔跑的瞬，明日菜也进入山洞深处。

到底有多大啊——他们一会儿跑过一条窄窄的通道，一会儿蹚过一个小水池，山洞无止境地通向遥远的地底深处。

——我一个人是无论如何也找不到回去的路的，明日菜想。

“我们到底要去……”话没说完，明日菜就闭上了嘴。

此时，岩壁上露出某些化石的模样。之所以说“某些”，并不是由于明日菜孤陋寡闻，而是因为那些化石全都奇形怪状，和她迄今为止看到过的照片上的化石截然不同。

“干什么呢，快点过来！他们就要追上我们了！”

“瞬，这个山洞到底是什么地方？”

“我不是瞬。”那个不是瞬的少年边向着山洞深处奔跑边说，“其实我没有义务救你。”

“你到底怎么了？”明日菜觉得他简直判若两人。

那时的瞬是那么的亲切温柔。

难道，真的是——

“喂，如果你不是瞬，那你到底是谁？”

难道他真的不是瞬吗？

正当明日菜思绪乱转之时，少年伸出右手拦住了她，“安静！你就待在这里。”

“什么？”

少年取下胸前的宝石——格拉维斯，拿在手中。

“是守门人！”

前方，山洞豁然开朗。

在装下整个学校体育馆都绰绰有余的山洞中，有一头奇怪的动物。

一头长得既像是鳄鱼又像是蜥蜴，同时又和河马非常相像的无比巨大的动物。它的身体高达数米，全长十米以上。

守门人——

明日菜觉得最近似乎听到过这个词。

不久之后，人类渐渐成长，不再需要神的存在。觉得自己的任务已经完成了的克查尔特们留下守门人后潜入了地底深处。

——是森崎说的。

那么，这头动物就是克查尔特吗？真的是克查尔特吗？

少年开口道：“很久以前，守门人是人类的指路明灯。”

和森崎说的一样。

“不过，由于地上污浊的空气，现在它们几乎都失去了心灵。”说着，少年在克查尔特眼前摇晃起格拉维斯，“要是能想起来就好了……”

刹那间，克查尔特露出尖利的牙齿，想要噬咬少年。少年一个翻身，从腰间抽出一把短刀，砍向克查尔特的下颌。山洞里响起类似金属碰撞般的清亮声音，克查尔特毫发无伤。

“哼……”

克查尔特竭尽全力向少年发动攻击，两者的身影消失在扬起的尘土之中。

“瞬！”明日菜情不自禁地大声呼唤。少年似乎平安无事，立刻回应道：“待着别动！”

想要奔向他的明日菜停下了脚步。

这时，少年胸前的格拉维斯绽放出耀眼的光芒。

克查尔特瞬间失去了全身的力量，少年没有放过这个机会，猛踢向克查尔特的下颌，随后在空中一个转身，跃至它身后，与它保持一定的距离。

“你没事吧？”

“还没完呢！”少年把手中的格拉维斯挂在跑到他身边的明日菜的脖子上，“替我拿好格拉维斯。我不想杀它。”说完，他再次跑向克查尔特，“得想办法让它沉睡……”

少年跳到克查尔特面前。

克查尔特咆哮着冲向少年。少年等它快要冲到身前时才将将闪开，身体一个半旋，趁势用手肘狠狠地击中克查尔特的太阳穴。克查尔特的大脑袋猛地左右摇晃，少年一跃而起，跳到它的头上，两手犹如铁锤般击下。可能是头部连续受到重击吧——克查尔特庞大的身躯轰然倒地。

“总算搞定了……吧？”少年气喘吁吁，却满足地长出一口气，“明日菜，把格拉维斯……”

正当少年转头看向明日菜时，还没有彻底丧失意识的克查尔特甩动尾巴横扫过来，将少年的身体一下子扫飞出去，重重地撞上了岩壁。

“瞬！”

惊慌失措的明日菜向瞬跑去。

克查尔特再次向瞬猛冲过去。

它张开血盆大口，明日菜觉得死亡近在咫尺。

这时，接连响起三声陌生的爆破声。

接着，克查尔特的侧头部喷出大量的鲜血——

（唉……？）

完全不了解眼前发生了什么状况的明日菜循声看去，那里站着先前那几个身穿军装的男人，他们手中的手枪正冒出硝烟。

“竟然有克查尔特……”其中一人说。

“这里就是入口吗？”

是真的手枪吗？是假的吧？

——不管怎么样，必须要逃出去，明日菜想。

扶着少年站起身，她支撑着少年的身体，想要逃向山洞深处，可是脚步沉重，怎么也走不快。

她听见站在三人中间的男子一边看着克查尔特，一边冷静地说："这个……"

"是什么？"另一个男人问。

"是五千万年前的太古巨鲸，杀了它！"

"但是，给我们的指令是回收全部的符号。"

"只要弄到格拉维斯，他们不会啰嗦的——动手！"

随着他的命令，身边的一个男人端起机关枪。

"住手！"

看见这幅情景的少年大叫起来。

但无数的子弹毫不留情地射向克查尔特。

站在三人中间的男子并不理会这场杀戮，迈步朝明日菜和少年走来。少年离开明日菜的肩膀，站直身体，虚弱无力地挡在她面前，拿起短刀。

背后是岩壁，两人已经无处可逃。

男人举起枪，瞄准明日菜，说道："拿着格拉维斯走过来，否则我就杀了那个少年。"

“别去!”少年小声说——就在这个瞬间,男人开火了。少年身边石屑飞溅。

“把你们两个都杀了也行!”

“瞬……”

少年沉默了片刻,再次用轻不可闻的声音说道:“我会找机会救你的。”

明日菜依然搞不明白。这块叫做格拉维斯的石头真的有那么贵重吗?

可不管怎么说,眼下看起来只有听少年的了。明日菜轻轻地点点头,朝男子走了过去。两人之间的距离大约有十米。

突然,格拉维斯发出耀眼的光芒。

与此同时,明日菜身边的岩壁上也开始绽放光芒。

(咦……怎么回事? 这到底是怎么回事!?)

明日菜吃惊地停下脚步。男人冷酷的声音又响了起来,“不要停,过来!”

在他身后,另两个男人踩着横卧在地的克查尔特,向它的头部射出一连串的子弹。中间的男人转向他们,命令道:“你们在这里看守那个少年。”

两个男人中的一个问:“那就是门吗?”

“恐怕是的。据说在南极那次，炸药和凿岩机都不起作用。”男人一边小声嘀咕，一边推着明日菜的背部走向被称为“门”的那块岩壁。

岩石的一部分发出耀眼的光芒。

“用格拉维斯接触那道光。”

明日菜猛吸一口气，用颤抖的手举起格拉维斯。

该怎么办？她觉得似乎要发生什么可怕的事情了。真的要照这个男人说的去做吗？不行！一定不可以！

“怎么了？快点！”

但是，眼下只有乖乖照办。

明日菜战战兢兢地让格拉维斯的顶端接触到光芒。

一瞬间，如同魔法般，被称为“门”的岩壁消失了，众人面前呈现出一条石块筑成的通道。通道非常规整，不过，可能是由于长时间无人行走，通道内植物肆意蔓延，石块本身也磨损严重，可如果称它为遗址，似乎又感觉过于精致。

男人不由得发出感叹，“是峡谷海……终于找到了！”说着，他慢慢地把枪口对准正举枪瞄准少年的两人，“这一路上辛苦了。”

男人们吃惊地问：“中佐，您要干什么？”

“从这里开始，我自己一个人去。”他拉着明日菜的肩膀，小心翼翼地踏进“门”内的一侧。

“请替我向欧罗巴的老人家们问好。”

这时，岩壁再次出现。

少年没有错过这一刹那的间隙，他俯身向前跃出，那两个男人慌忙开枪，可并没有射中少年，最后，当“门”重新缩回岩壁中时——

男子、明日菜和少年三人都站在了“门”的内侧。

“瞬！”

“天使长！”

男子爽快地把枪扔到手持短刀、严阵以待的少年面前。

面对这急转直下的局面，明日菜呆若木鸡，男子推了一下她的背，示意她可以自由行动了。

虽然不知道究竟发生了什么事情，但明日菜连忙跑向少年身边。

少年再次将明日菜拉到身后，依然警惕地握住短刀架在身前，问道：“你打算怎么样？”

男子并没有回答，随意地扯下面具。

面具后出现的是——

“森崎老师？！”

没错。他就是几天前刚到小镇赴任的教师——森崎龙司。

“既然来到了这里，我就没有理由和你为敌。”森崎完全变了一个人，语气沉稳地说道，“我，只不过是想去雅戈泰。”

雅戈泰——听到这个词，明日菜倒吸了一口凉气。

少年仍然没有放松警惕，直言不讳地对森崎说：“雅戈泰是一个行将灭亡的地方。那里没有你们天使长期待的东西！”

可是森崎的眼中依然闪烁着坚定不移的光芒，“我想要的既不是不死的秘密也不是远古的睿智。”他的眼睛和话语令人感受到他强韧的意志，“……我只想让我的妻子复活而已。”

——果然，森崎老师想让他的妻子复活，明日菜想。

如果是这样的话，那这条通道的前方难道就是“雅戈泰”吗？

少年和森崎对峙了一会儿——接着便把短刀插回腰间的刀鞘中。

“你想干什么随便你，我的任务是取回格拉维斯而已。”

接着，他从明日菜的脖子上取下格拉维斯，一边戴回自己的脖子上，一边问：“你叫什么名字？”语气生硬，和总是温言细语的瞬完全不同。

“……明日菜。”

“我是心，瞬的弟弟。”

“心……那瞬呢？”

“哥哥死了。他明知道自己在地上活不久，还是打破规矩，到外面去了。”

瞬，死了……

这三个字仿佛是一句魔咒，在明日菜的脑海中反反复复地响着。

少年——心丝毫没有介意的样子，“我走了。出口就算没有格拉维斯也能打开，等到天亮你就回去吧。”说到这里，他回头看向明日菜，“明日菜，对不起，把你卷了进来。”

心的脸上第一次露出笑容。

和瞬一模一样的笑容。

心中剧痛。

好不容易，好不容易相信瞬还活着，可是……

接着，心头也不回地走向地底湖中，消失不见了。

面对这奇妙的情形，明日菜还来不及细想，耳边就响起了森崎的声音，“让你有了一段可怕的经历吧。”他边说边从地上拾起手枪。

“森崎老师，为什么……”

“你听说过天使长这个名字吗？”

明日菜摇头回答："没有。"

"它是唯一一个掌握雅戈泰存在信息的组织，希望获得地下世界的睿智，把人类引向美好善良的方向。"森崎把眼镜往上推了推，"我就是其中一员，这十年来我一直在寻找雅戈泰的入口。"

"但是，和您在一起的那些人……"

"天使长其实是空虚的灵知主义者的团体，我对于神或者世界真理之类的不感兴趣。"

说实话，明日菜对森崎所说的话连一半都没听懂，不过——

"我的目的只是想让我的妻子复活。"森崎斩钉截铁地说。

只有这一点，她非常清楚。

让妻子复活。

让死去的人复活？

那种事情，真的可能吗？

"我要去雅戈泰，寻找复生的方法。让你遭遇危险，真的对不起。"

接着，森崎和心一样，走进地底湖。

当水漫到腰部附近时，他掬起一捧湖水喝了一口，"果然是威达之水啊。”

明日菜还是一片茫然。

瞬、心、森崎、雅戈泰还有亡者的复活。

可是——

“老师!”明日菜大叫,跑到森崎身边,“老师,我也去。”

“为什么?是想要让死去的少年复活吗?”

“那个……我不知道。”

不知道。

到底想要怎么做?连她自己也不知道。

“可是!”明日菜说不下去了。她确实无法把自己的心绪整理清楚。不过,如果现在不跟森崎一起去的话,就无法前往雅戈泰了。

是的,一定永远也去不了!

“恐怕这是一次危险的旅行,而且也不知道什么时候才能回来。就算这样也没关系吗?”森崎问。

明日菜点点头,只有这件事,她下定了决心,“是的。”

听到这个回答,森崎向明日菜伸出了手,“来吧。”

明日菜提心吊胆地握住了森崎的手,踏进地底湖。

“这是威达之水,是一种太古时代的液体。几乎没有浮力,就算灌满肺部也能呼吸。雅戈泰就在地底湖的湖底。”

森崎不停地往前走。

湖水立刻漫到明日菜的胸部。

明日菜微微抗拒了一下，但森崎并没有停下脚步。

“那、那个……老师，请等一下。”

“没关系的，喝下湖水也能呼吸！”

尽管森崎这样说，但可怕的东西依然可怕。按照一般常识来说，人在水中是无法呼吸的。

但森崎却一边拨开地底湖的湖水——威达之水，一边快步往前走去。

“为了取回重要的东西！”

后来，明日菜想起当时的情形。

对于森崎而言，这个瞬间也许他已经等了很久、很久吧。

因为他花费了整整十年的时间，不断寻找前往雅戈泰的通道，而这一刻他终于找到了。

“做好准备！明日菜！”

下一秒，明日菜被硬拉到威达之水中——

回过神来。

明日菜发现自己还能够呼吸。

森崎的脸上露出之前从来没有过的温柔笑容，他注视了明日菜片刻后，再次向前迈步。

湖中有一条很长很长的阶梯，左右两侧排列着数个如同遗址般的石造建筑物。

两人一边打量着这些建筑，一边沿着阶梯向前走，不久阶梯突然中断，前方是一个深不见底的洞穴。

明日菜感到一阵发自内心的恐惧。她有一瞬间的踌躇，但森崎一把拉过她的手，向着洞穴一跃而下。

向着深深的、深深的黑暗洞底……

*

此时，明日菜觉得似乎身在梦中。

一男一女坐在日式住宅的檐廊下。

怀有身孕、大腹便便的女人开口道："我祈祷这个孩子一生幸福。"

男人微笑着，"别担心。"他温柔地抚摸女人的肚子，"只要能够来到世上，这个生命就已经非常幸福了。"

第五章

醒来后，首先映入视野的是古旧的石头天花板。

接着，明日菜发现咪咪正蹲在自己的胸口，她一边摸着咪咪的背一边坐起身。

再次环顾四周——这是一座正被茂密的绿色树木侵食的远古建筑，可能这种表述不太合适吧，反正它像是一座广场。

对了——我，在那种叫什么来着的水里深深地、深深地潜下去……

“醒了吗？”明日菜回头看向声音的来处，那里站着的是森崎。他用下巴指指咪咪，“那家伙是从你的背包里钻出来的。是你带它来的吗？”

“不是的，你是什么时候……”

似乎是听出明日菜声音里责备的语气，咪咪讨好地蹭蹭她的脸。

“或许我们没那份闲心能把它一直带到最后。”

森崎漫不经心地说。

“带到最后……”

明日菜如同鹦鹉学舌般轻声嘀咕。

“啊！　老师，这里……”

就是雅戈泰吗？

森崎并没有回答这个问题，“那面的那条阶梯看上去是通的，走吧！”

紧跟大步流星向前走的森崎，明日菜踏上好像西洋城堡一样的阶梯。不一会儿，楼梯通到一个被树木覆盖的室内庭园般的地方。

“老师……”

“啊！”

明日菜的话被森崎的惊呼打断。穹顶状的室内庭园中只有两个出入口，为了前进，就必须走里面的那条通道。

可是，在那条通道的前方蹲踞着一头像鹿一样的动物。

之所以觉得是“像”，不是没有理由的。因为它的角比所有明日菜知道的鹿的角都要弯曲卷绕，高高地指向天空，而且它的背上也有着那头熊一般的怪兽——克查尔特身上那种几何图形样的花纹。

“大概是守门人吧，克查尔特。”

那也是克查尔特吗——明日菜想。

然而，不可思议的是明日菜并没有感觉到遭遇那头熊一般的怪兽时所产生的恐惧。是单纯取决于它的样子是食肉兽还是食草兽吗？还是并非如此呢？明日菜无法分辨。

“它正看着我们呢……”森崎小声说，“只有从正面过去。”说着，他立刻举起枪。

——是要杀死它吗？

就在明日菜犹豫着是否要阻止森崎的时候，咪咪突然从明日菜的肩头跳下，跑向那头克查尔特的身边。

“咪咪！”森崎伸手拦住想要追上去的明日菜。

克查尔特并没有攻击咪咪。长得好像鹿一般的克查尔特低下头，和咪咪鼻尖对鼻尖。

接着——

咪咪轻轻松松地跳上克查尔特的脑袋，而后者也没有发怒的迹象。非但如此，它甚至从通道的入口处挪开了身体，似乎在对面前的两人说“走吧”。

明日菜和森崎小心翼翼地走向通道。

“咪咪，来！”

“明日菜……”森崎非常警惕。明日菜尽管已经走到了那头克查尔特的面前，却并没有觉得害怕。真是不可思议啊！即便是普通的牛或马，距离如此之近的话，有时也会觉得可怕呢。

明日菜走到克查尔特的身旁，向着咪咪伸出手，“咪咪！”

喵——咪咪叫了一声，跳到明日菜的肩膀上。

克查尔特用一种温柔的眼神注视着明日菜，一动不动。

“明日菜，走吧！”

明日菜转眼一看，森崎已经跨进了通道内部。她小跑着跟上，森崎的脸上浮起一抹笑容，“也许这家伙还能起到意想不到的作用。”

接着，他们穿过遗址般的通道——

一片广袤的天地展现在他们眼前。

一直延伸到遥远地平线的无边无际的草原，处处可见森林、河流，天空蔚蓝——眼前的一切让人根本无法相信这里竟然是地下。

“哇啊——”明日菜情不自禁地发出感叹。

好美啊！明日菜从来没有看见过如此雄伟壮观的景

色，她的视线久久无法移开，当她从遥远的彼方抬眼望向蓝天上飘浮的白云时，“老师，你看那个！”明日菜叫了起来。

白云间飘浮着的是——船。

一条旧时的手划船般、装饰精美的巨大船只正在空中慢慢地遨游。

“谢库纳·威玛纳！”森崎的嘴里吐出一个陌生的词语。

“那是什么？”明日菜问。

森崎无法掩藏自己的兴奋，“据说是神明乘坐的船。正像文献上所说的那样……这里，果然是雅戈泰……”

“雅戈泰……”喃喃自语的明日菜的口袋中，父亲的遗物，那块石头绽放出蓝色的光芒。

——咦？唉？什么？

明日菜慌忙把石头从口袋里拿出来，令人目眩的、无法直视的光芒冷冷地绽放着。

看到这一幕，森崎发出吃惊的声音，“那是，格拉维斯！”

格拉维斯？这个？

说起格拉维斯，那应该是原本属于瞬、后来又被心从地上取回的那块宝石的名字。

那是——?

“是碎片吗？为什么你会有……”

这个连我自己也想问一问呢。

明日菜一边疑惑着，一边回答：“我是用来代替收音机的矿石的，据说是我爸爸的遗物。”

“遗物？”森崎好像在想着什么，一副若有所思的表情。

然后，他转头仰望天空。

谢库纳·威玛纳正消失在云间。

“在拉丁语中，格拉维斯是钥匙的意思。今后，它也许会帮助我们。好好拿着。”

“好的。”

就算你不说，我也会好好保管的，因为这是爸爸的遗物啊，不过看起来它的价值远远超过了“爸爸的遗物”——明日菜想。

“我们朝着那条船行进的方向走，应该会有些什么的。”森崎注视着天上的白云说道，“那些我们正在寻找的东西。”

明日菜轻轻地点点头。

*

于是，两人的旅行开始了。

最初，森崎的步速非常快，明日菜竭尽全力才能跟上。

虽然觉得对方可以等等自己，但既然是自己硬要跟着人家来的，就不应该提出那么任性的要求吧。所以，每当与森崎稍稍拉开了距离，她就一路小跑着赶上。不过，不知不觉间，这种情形越来越少。

明日菜立刻明白过来，森崎是在配合自己走路的速度。

出乎意料，也许他是个温柔体贴的人呢，明日菜想。

“对不起，我走得……”明日菜开口道。

可还没等她说完，森崎就头也不回地说了一句：“没关系，我应该早一点觉察到的。”

虽说天使长如何如何，但老师毕竟是老师啊——明日菜想。老师都是杰出的、优秀的人，这种想法不会有错。

实际上，森崎是一个细心体贴的男人。

在穿越岩石地带时，屡屡把手伸向明日菜，助她一臂之力。

在蹚过湖水时，如果发现脚下有危险也会马上告诉明日菜。

在草原上时，他会一边收集可食用的野草，一边教明日菜辨别的方法。

这真是一件不可思议的事情。

真是一件不可思议的事情——

虽然没有做好充分的准备，也没有跟妈妈打一声招呼，就贸贸然踏上旅途，但明日菜还是觉得这次旅行很快乐，有一种之前从来没有过的充实感。一直想要去某个地方的自己想去的“某个地方”难道就是这个雅戈泰吗？

每当夜幕降临，明日菜就静静地坐在沉浸在文献之中的森崎身边。森崎随身带着香烟和打火机，所以点火并没有什么困难，而且雅戈泰又是一片自然资源丰富的土地，不难找到可以燃烧的东西。

原本，明日菜就不讨厌和别人共处。

不是不讨厌，只是不擅长而已。

因为她不知道该说些什么才好。

可是，森崎总是沉迷于书中，交谈什么的看起来完全没有必要，而且他也从来没有主动和自己搭话，因此明日菜一点都不需要为找话题而费神。妈妈是一名护士，所以对明日菜而言，母亲不在的夜晚是家常便饭，和某一个人同食、同宿、同行，在她还是第一次。

雅戈泰之旅充满了期待和忐忑。

令她不安的是食物。

森崎带来的乏味的压缩食品只够几天吃的，而明日菜的背包里也只有一些小零食。

明日菜非常不好意思，可即便如此又不得不分享森崎的食物，所以她一直在寻找一个恰当的时机对森崎说："也请分一些给我吧。"可就结果而言，完全没有那个必要。

森崎在吃自己带来的食品时，总会说一声："给，吃吧。"然后分一份给明日菜。

真的是很开心。

尽管微不足道，但明日菜觉得至少得表示一下谢意，她把自己带的零食交给了森崎。但森崎极其自然地把那些东西也分成了两份。

森崎并没有对那些明显毫无营养价值的小零食嗤之以鼻，每一餐他都会将自己携带的压缩食品和明日菜的零食搭配着吃下去。

用餐的时间虽然很短，但对明日菜来说却非常快乐。

没有比一个人吃饭更无聊的事情了。在一直有这种想法的明日菜看来，和森崎一起吃的每一餐都带给她一种平静安宁的感觉。

不仅如此，森崎随身带着为长途旅行准备的寝具（说是寝具，但其实只是几条简单的薄毯），可他自己却没有用，全都给了明日菜。

对于那些食物、寝具，森崎说："如果被毫无体力的你拖了后腿就糟糕了。"然而每次说的时候，他的脸上都会流露出些许不好意思的表情，让明日菜觉得有些怪怪的。

"即便如此……"不知道是在旅行的第几天，明日菜话一出口，森崎就轻轻地点了点头。

森崎的这些小动作意味着什么，明日菜已经渐渐了解了，他这是在催促自己往下说。

明日菜仰望天空，"明明是地下，为什么还会有白昼和黑夜呢？"

"嗯，被你这么一说，倒还真是这样的。"说着，森崎也抬头望向天空，"说起来，这里有天空原本就是一件不可思议的事情吧。不过，就算到了夜里，也看不见星星。"

"的确是这样的呢。"

那么，究竟为什么会有白昼和黑夜呢？

明日菜认真地烦恼起来，一脸困惑。

"不管怎么说，因为这里是神灵乘坐的船只飞行的地方吧。"

森崎用一种不多见的、戏谑的口吻回答。

明日菜当然无法接受这个解释，不过，她决定把它当成一件就算无法释怀也没有办法解决的事情。想必森崎也一样吧。

就这样，一周的时间转眼就过去了。

*

“老师！”那一天，发现了“新大陆”的明日菜用压抑不住喜悦的声音大叫，“果然有村庄的遗迹！”

迄今为止，一路走来的两人只看到过一些寥无人迹，甚至不能被称为废墟的遗迹。其余的全都是无边无际的大自然。现在，终于找到一个能勉强称之为“废村”的地方。

石造的建筑还有大半依然残留，即便里面有人居住也没什么奇怪的。但是，这是一个无人居住的村庄。

“还是不要抱有太大的期待吧。”

“可能还有田地！ 我去看看！”明日菜激动地对看起来无比冷静的森崎说，“咪咪，跟我来！”

事实上，森崎对此也并非没有期待。

但森崎认为食物方面的事情应该可以放心地交给明日菜。他自己走进村庄内的一所所房子，寻找有没有藏书室一样的地方，结果终于发现了几本书。

森崎并不能完全读懂用雅戈泰的语言写成的书籍。

然而，即便如此——

“菲尼斯 · 特拉……还有生死门？”

对于雅戈泰人而言，那似乎是一个重要的地方。自己能够获得与那两个地方相关的信息可以说是一个侥幸吧。

正当森崎轮番翻阅着那几本书时，“老师！”他耳边传来明日菜欢天喜地的声音，“看！今天的晚餐会很丰盛哦！”回头一看，明日菜的手中抱着满满一捧像是芋头的东西。

“看起来的确是可以吃的样子。不过，芋类植物也许会有毒。慎重起见……”森崎还没说完，明日菜就接口道：“用水去除毒素！”

担心是多余的。由于平时父母都不在，明日菜早已习惯了厨房中的各种事务，现在这些经验帮了大忙。

森崎看看从田里沾了一身泥巴的明日菜，“对了，你的这身衣服……”

“老师的衣服也很脏啊。等会儿我会洗的，您把它换下来吧！”

目送手捧芋头跑开的明日菜，森崎吐出一口烟，想起十年前逝去的丽莎。

如果和她有了孩子的话……

森崎粗暴地掐灭香烟。

多么荒谬的念头。

*

当天的晚餐是用草叶包裹后蒸熟的芋头。

森崎一边认真地读着文献，一边尝了一口，接着立刻把那本书放在一边。也许是觉得边读边吃，对于这份美味是一种不礼貌吧，作出如此判断的明日菜不由得心花怒放。

这时，森崎的脸上流露出一丝害羞的表情，说了句："很好吃。"

真的是很开心、很开心。

明日菜无法掩饰声音中的欣喜，"太棒了！ 没想到厨房里还留着一些盐巴。"

这可是连续好几天光吃压缩食品之后的一餐，所以的确可以称得上是美味佳肴。

按理说，能够摄取盐分实在是很幸运。

不过，不仅仅如此。

当然，和森崎两个人一起吃晚饭的确是件开心的事，但能有人吃自己亲手做的料理却比前者更令她高兴。

也许是太喜形于色了吧，森崎静静地凝视着明日菜，"真让人意外啊！"

"唉？"

“你好像对这次旅行乐在其中。”

森崎竟然会觉得意外，这让明日菜也很意外。

难道森崎不认为这次旅行很愉快吗？

如果是这样的话，她认为有必要说明一下自己为什么会觉得这次旅行很快乐。

自己总不能说些“因为和老师在一起所以很开心”之类引起误解的话吧，虽然有那么短短的一瞬，明日菜觉得有点烦恼，但那些话还是自然而然地脱口而出。

明日菜说完后才发现这是毫无伪装的自己的心声——我常常一个人边听收音机边想，必须到一个遥远的、与众不同的地方去看看。不过，我想去的不是这里，而是一个从未见过的地方。

明日菜想，也许有人觉得，自己的这种想法只要是思春期的少男少女们谁都会有吧，可并不是这样的。

没错，那时，听到那首歌的时候脑海中浮现起的、从未见过的景色。

自己想要去的地方就是那里。

“然后，我遇到了一个不可思议的男孩子，追随着他来到了这里……”

瞬——

现在，已经不存在于这个世界的、那个男孩子。

“来到雅戈泰之后，我一直很忐忑不安。所以，这次旅行的前方一定有什么……”

“……”

一定。

究竟有些什么，她无法明确地说出来。

所以，明日菜的话说到这里就戛然而止，不过，森崎却什么也没说，只是安静地吃着芋头。

*

旅途的前方一定有着什么。

她是想说一定有着自己所追寻的东西吗？

——追寻的东西？

森崎思索着。

这十年，自己从没有停止对丽莎的思念。

马上就……

马上就能见到丽莎了。

森崎悄悄地摸了摸口袋里的八音盒。

也许是感到明日菜觉察到了自己的举动，他抬头仰望天空说：“看不见星星的夜晚总叫人不安啊。”

雅戈泰的天空中没有星星。

因为是地下世界，所以这也是理所当然的吧。

没有太阳的白昼结束后，现在，天空笼罩着如同极光般的光芒。

这是一幅神秘的景象。

“让人切身体会到人类是多么孤独的存在。”

丽莎——森崎再一次，这一次是在口中呢喃。

马上，就能和你相见了。

第六章

“心 · 库阿农 · 布拉爱瑟斯……”

同一时刻，迦南村。心站在族长的房间里。

屋内点着篝火，气氛庄严肃穆，挂在屋子最深处的两道垂幕之间的椅子上坐着一位老婆婆。一件套头衣把她的身体完全遮盖起来，脸上布满如同年轮般深深的、深深的皱纹。她正是迦南村的最高权力者——族长，她的左右两侧各站着一名士兵。

“辛苦你了，取回了格拉维斯。”族长对距离她数步之遥、单膝跪地、认真聆听的心说道，“不过，你犯了一个大错。”

面对这突如其来的指责，心吸了一口凉气——到底是什么错？

“从地上来的男子和少女正拿着格拉维斯向生死门进发呢！”

心疑惑不解。自己的确已经完成了回收格拉维斯的任务了呀。

“可是！ 格拉维斯明明在这里！”

在这里。

瞬的遗体虽然已经被地上人收殓安置，但自己总算是抢在天使长之前夺回了遗体，并将之火化。

瞬——已经和那几乎要将自己烧灼得体无完肤的痛苦一起化为灰烬。

而且，自己也确实从瞬的遗体上取回了格拉维斯。

那块格拉维斯就在这里。

如果是这样的话——

“他们拿着其他碎片。”

心哑然无语。

怎么会有如此荒唐的事情？

格拉维斯的碎片吗？

竟然有这种东西存在？

只交付给被选中之人、用贵重一词远不能形容的宝贵的格拉维斯的碎片竟然落在了地上人手中。

族长继续用嘶哑的声音说道：“你眼睁睁地把地上人引到了雅戈泰，这难道不是一个大错吗？”

“可、可是，我接受的任务是……”

就是取回格拉维斯！ 那千真万确已经完成了呀！

然而，再次打断心的并不是族长，而是她身边的护卫，“无需辩解！ 难道非要把一切都说个明白吗！”

“唉……”

没错，如果把地上人带入雅戈泰是自己犯的错误的话，那的确是一个极大的过失。可是，无法感受到格拉维斯的气息——不能轻松发现格拉维斯下落的自己到底还能做些什么呢？

族长继续如吟咏般说道：“曾经的繁荣早已远去，现今我们生活在漫长的黄昏之中。就这样融入生命的终点——雅斯特拉姆中是我辈所愿。然而，门一旦开启，地上人再次逼近雅戈泰，平稳将会被混浊吞噬。”

对于雅戈泰而言，那就是苦难的、苦难的历史。

地上人攻入不具备武力、只拥有睿智的雅戈泰。

人们被枪炮喷射出的火焰所焚烧，被鲁莽夺去了生命，这一切只是为了抢夺和武力不同的“力量”。

“永远不能忘记我们曾经遭受的苦难。”族长严肃地宣告，“令人悲叹啊，马上就要面临成人仪式的你依然没有睁开双眼。既无法窥探克查尔特的视界，也无法感受到格拉维斯的气息。你的哥哥虽然拥有天分，但前世的善恶因缘加深了他对地上世界的憧憬。”

——哥哥，心想。

哥哥的确是让人骄傲的哥哥。

年仅六岁，就已经能窥探克查尔特的视界。成为史上最年轻的接受“任务”的少年。

可是——

也许是从幼时起，哥哥就身患重疾，与死亡仅隔一步之遥。

不久之后，他又患上了另一种病。

是年幼时从“老师”那儿继承的病。

那种病最后把哥哥带入了死亡之境——

那种病就是“对地上的憧憬”。

——心，听说地上啊，一到夜晚，天空中就能看见“星星”。

“星星”？

嗯，据说死去的人会化身为“星星”，守护着我们。

死去的人……是爸爸和妈妈吗？

当然。他们都在天空中闪闪发光。

唉？

能够看得见“星星”的天空该有多美丽啊！

……

哪怕是一次也好，在死之前，哪怕是一次也好，

我想要看一眼星空——

离开族长的居所后，心沿着石板路往前走，不一会儿他的身后追来一位少女。

“心！”少女的长发在脑后束成辫子，身穿典礼专用的服装。

心看都没看她一眼，用尖锐的口吻说：“赛丽，你可是在当值哦。”

“我只离开一会儿，没关系的。”被称为赛丽的少女说着便走到了心的前方。

心犹豫了一下，觉得还是应该告诉这位青梅竹马之交，“赛丽，瞬……”

“我已经知道了。”没等心说完，赛丽就打断了他。

——或许，她是不想让心亲口说出“瞬的死”。

心轻轻地说：“很遗憾……”

然而，赛丽却缓缓地摇了摇头，“没什么遗憾的。即便他的顽疾提前发作，但瞬应该已经见到了自己想见的东西。”

心默然不语。关于这一点，他觉得自己的感情非常复杂。

赛丽担心地看着心，“心，你又接到任务了，是吗？”

“对。寻找地上人，并夺取格拉维斯。”

“可是，那就要……”

“他们并没让我杀人。”为了让赛丽放心，心特意笑着说。不过，他马上又语气认真地加了一句，“可是，如果有必要的话……”

从不说谎的性格自幼就没有变过。

赛丽用悲痛的、几乎接近于悲鸣的声音说道：“这么危险的任务，怎么可以就让心一个人来完成呢！”

“自从爸爸妈妈去世之后，是整个村子养大了我们兄弟二人。这个恩情，我必须要报！”说完，心就转过身背对着赛丽，“我不可能摆脱这些任务，你快回去吧！”

“心……”

赛丽的呼唤并没有让心回头。

一回到自己的房间，心就取出了短刀。

他静静地凝视着插在刀鞘中的那把短刀。

——心，有礼物给你。

完成了“最后的任务”回来的那一天，瞬像往常一样温柔地微笑着，递给他一样东西。瞬认为某日当心接到任务后，一定会需要这件东西的。

崭新的刀，用起来却非常顺手。

一定很贵吧，心想。

不过，心从心底里觉得价格几何根本无关紧要。只要是瞬给他的东西，无论是什么他都会视若珍宝。

更何况，这是最后的……

心摇了摇头。

现在不是沉浸于感伤之中的时候。

如果是瞬的话，一定会轻而易举地完成这种任务吧。

心随意地抓住脑后的长发，拿起那把短刀对准头发用力一划。

随后，他走进马厩，跨上爱马，飞驰而去。

追随着或许永远也追赶不上的、哥哥的背影。

*

“给，吃吧。”森崎做的晚餐依然是蒸芋头。

即便如此，明日菜也不会有什么怨言。现如今早已进入饱食无忧的时代，所以这种感觉已经被逐渐遗忘，但多亏了这次旅行，让明日菜真实地感受到能够吃上正儿八经的食物是一件多么幸福的事情。

“谢谢，我开动啦。”明日菜接过芋头，开始吃起来。

森崎也咬了一口芋头，“哟，你也要吃吗？”说着，他掰下一小块芋头喂给蹲在他膝头的咪咪。

真是让人意外啊。

森崎的性格，该怎么说呢——应该说是更偏向于理智型的吧，明日菜没有想到他竟然也会宠爱小动物。可能是因为在旅行之初，他曾经说过一句“或许不能把它一直带到最后”吧。

发现小女孩正傻傻地看着自己的森崎有些奇怪地问道：“怎么了？”

明日菜指了指正在啃芋头的咪咪回答：“啊，没什么，你们好像在不知不觉间成为了朋友呢。”

森崎淡淡地答了一句，“因为万一发生什么状况，可以把猫当做食物。”

“唉？！”明日菜发出一声惊呼。

“是开玩笑啦。”从森崎的声音里听不出他是在玩笑还是认真的。

真的是在开玩笑吗?

隶属于自己一无所知的、如同军队般的组织——天使长的森崎,万一有需要的话,难道就真的不会做出吃猫这样的事情来吗?

——稍稍想了想,可明日菜实在无法相信森崎会做出那样的事情。如果是在旅行刚开始的时候,她说不定还不能得出这样的结论。

明日菜吧唧吧唧地吃了一会儿芋头,突然开口道:“老师……”无法再忍下去了,不过,说出来还是需要勇气的。

可能是发现了明日菜的样子有点奇怪,森崎一副莫名其妙的表情,问道:“怎么了?”

明日菜犹豫着不知从何说起,可是既然开了头就不得不说下去,“我父亲很早就去世了。”她终于启口道。

森崎掰下一小块芋头放进嘴里,“你妈妈在诊所工作,你是那种典型的挂钥匙的孩子。不过,那段经历对于这次旅行倒是很有帮助,还真是要谢谢你呢。”

“哪里,感谢什么的……”

森崎摇摇头,“我一个人生活也已经有很长一段时间了,自认为生活能力还是挺强的。因为原本就跟随天使长进行各种活动，野营等等的经验也算丰富吧，可是……”森崎又掰了一块芋头给咪咪，“该怎么说才好呢，对了！”森崎似乎在选择正确的措辞，他思考了一会儿，“现在先不说那些东西是否是必须的，但是……”说到这里，森崎再一次停顿了一会儿，“如果你不在的话，这次旅行也许会变得更加糟糕。”

——为这次旅行带来温暖的人是你。

尽管脑海中浮出了这句话，但森崎并没有把它说出口。

如果一定要问是为什么的话——也许是因为他觉得为了丽莎而进行的这次旅行中是绝对不应该加入温情这类的东西的。

“对不起，我抢了你的话头。明日菜，你刚才是不是想说你的父亲？”

“啊，这个……是的。”

明日菜盯着手中的芋头。散发着丝丝缕缕的水汽，表面上浮着盐粒的粗糙食物——即便是明日菜来烹饪也不会有太大的改观吧。

“所以，我对‘父亲’一无所知。留在我记忆中的就只有爸爸为我唱的那首摇篮曲，除了这个，我几乎什么都不记得。”

“嗯？”森崎用目光催促她往下讲。

明日菜顿了一下后接着说，“老师……”接下去的话只能一口气说完，“爸……”声音因为激动而变了调，她调整了一下后继续说，“我觉得如果爸爸还在的话，应该就是这种感觉吧。”

声音越来越小，最后如同漏了气的气球般，消失不可闻。

森崎非常诧异，“别胡说八道。”他冷冷地吐出一句，似乎要把自己心中的念头也一并抛掉。

*

那天晚上，森崎做了一个梦。

梦中森崎发着烧，躺在床上。

床边坐着一头黑色长发的丽莎，她静静地开启手摇式的八音盒，“你发烧还真是不多见。”发现森崎睁开了眼睛，丽莎说，“病倒在床上的，一般都是我。”

“对不起……”森崎说。

丽莎扑哧一声笑了，“如果你真的觉得对不起我，那就答应我一件事好吗？”

“什么？”

“就算有一天我不在了，你也要好好地、坚强地活下去。”

现在想来，丽莎在那个时候就已经为自己的死亡做好了准备。

不！

没有做好准备的人恐怕只有森崎一个吧。

“丽莎……下一个任务马上就会结束的。等我回来后，我们一起去我的老家。那样的话，你的病也一定……”

“我说的不是这个。”一个温柔的声音打断了森崎的话，“人，无论是谁，总有一天要离开的。”丽莎把八音盒放在桌上，一个装着大量药片的纸袋的旁边，“所不同的仅仅是早和晚而已。”

这些话，森崎不愿意听。

“而我，只不过是比你早一点离开。”

至少不想从丽莎的口中听到——

“那是早已注定的事情。”

森崎用无比真挚的眼神凝视着丽莎，“丽莎……不会那样的。你不会离开的，而我也不会从你身边消失。”说着，他温柔地握住丽莎的手，“我不会做好你不在的准备，绝对！”

*

同一时刻，明日菜也做了一个梦。

关于那时只听过一次的音乐的梦。

在高岗上，一边沐浴着和煦宜人的春风，一边打开收音机——

突然传入耳中的音乐。

听见那段音乐的瞬间，明日菜的眼前出现了雅戈泰一望无际的大地。

记忆和记忆的纽带。

终于，解开了。

“对了……我边听音乐边看到的景色原来就是雅戈泰。”明日菜轻声呢喃道，坐在她身边的是瞬。

和那时一样，瞬的脸上浮起温柔的笑容。

瞬站起身，把手伸向明日菜，“来吧，明日菜，我们将踏上领悟别离的旅程！”

明日菜拉着瞬的手站了起来。

“起来！ 明日菜。”

突如其来的声音，打破了明日菜的梦境。

她一时无法理解眼前的状况。森崎站在她面前，在他身边，咪咪正用锐利的目光紧紧盯着前方。

前方——

明日菜支起身体，看向前方，那里有一头奇形怪状的动物。

和克查尔特不一样，明日菜的脑海中一下子浮现起这个想法。要说哪里不一样，还真的很难回答。虽然难以回答，但可以肯定的是，它和克查尔特不同。

全身灰色，有六条腿——不对！ 是四条腿。它用四条腿站立在大地上，两条胳膊向他们这边伸出，摆出一副邀请般的姿势，两只没有瞳孔、发出炯炯红光的眼睛一动不动地注视着明日菜他们。

那种模样的怪物包围了他们。

“快逃，明日菜！”

无法回应，只能任由森崎拉着自己的手奔跑，咪咪跳上森崎的肩头。

灰色的怪物们用迟缓的动作，却是千真万确地追赶着明日菜他们。

跑过草原，登上岩石地带，穿过废墟。

不知道究竟跑了多少距离。

终于，这个时刻到来了。

“明日菜。快跑！”

“唉……”

被森崎拉着手腕，一个劲地向前飞奔。

甚至连奔跑的意识都已经丧失了，脑子里只想着向前迈步，为了不摔倒，再迈出下一步，跌跌撞撞地向前跑。

然而，一个极其普通的女孩和一个在天使长中不断执行各种任务的男人之间，体力方面是存在着决定性的差别的。尽管如此，明日菜还是拼尽全力地奔跑，可是——

在奋力拉着她跑向前方的森崎的身后，明日菜被一块石头绊倒了。

怪物们没有放过这个瞬间。

飞扑过来的怪物挥动着手臂，打开了森崎和明日菜拉着的两只手。

这样一来，剩下的就是各个击破了。无数的怪物横亘在两人之间。

“明日菜！”森崎拔出腰间的手枪，开火。

可是，子弹对怪物几乎不起作用。看起来像是中弹受伤了，但弹孔却立刻愈合起来。

“快逃呀！”

耳朵里传来森崎的大叫，明日菜再度狂奔起来。

第七章

森崎立刻发现了异变。

怪物们并没有袭击自己。

糟了！

原先对森崎和明日菜虎视眈眈的怪物们现在却对森崎视而不见，都去追赶明日菜了。

（怎么回事？ 我和明日菜有什么不同——难道和明日菜持有格拉维斯这件事有什么关系吗？）

森崎思索着，可是现在再怎么苦思冥想都没有用。

眼下应该先……

他注意到自己手中握着的枪，可马上又想起这个东西没什么效果。

（该死——天使长的资料里难道没有相关的记录吗？快想想！）

天使长虽然知道雅戈泰的存在，可自打照相机这种东西发明后，曾进入过雅戈泰的人类——不！ 曾进出过雅戈泰的人类一个也没有。至于克查尔特，如果是地上的那些倒是有相关的记录，但对于在“里面”的则知之不详。

（全身灰色、发出炯炯红光的眼睛、锐利的爪子……）

能想到的答案只有一个。

（是夷族——吗？）

那是一个对地上和雅戈泰之间所发生的交集深恶痛绝的族类，也是这个世界的构成部分之一。这个部族的名字应该就叫做夷族，弱点是水和光，然而……

（他们为什么要把明日菜——）

就算挖空心思也想不出什么办法。

如果是水的话，虽然比较贵重，但水壶里还装着饮用水。

不知道究竟会起到多大的效果，可好歹能成为武器。

不过——

（明日菜去了哪里？）

总之，首先要开始行动，否则一切都免谈。

森崎奔跑起来。

（先要找到夷族，明日菜一定在他们的前方。）

黑暗中，森崎循着先前来时的路往回跑去。穿过废墟，顺着岩石场向下，就是草原——啊，不对！ 那儿应该是河滩。他痛切地感受到人类的方向感并不是那么可靠。

但那些都无关紧要。

重要的是要找到夷族，要寻找那一束束红色的光。

想着，他环视四周——

（有了！）

森崎如往常般举起手中的枪，可立马意识到自己拿错东西了——武器应该是水壶。

他感受到前所未有的彷徨无依，不过现在只有相信这个了。

朝夷族靠近——

此时，突然传来的声音让森崎产生一种极其格格不入的感觉——

“咆咆咆咆咆咆咆咆咆咆！”

听着像是小学低年级孩子发出的哭泣声。

（这是什么？）

下一秒，他立刻发现，在河的正中坐着一个小女孩。

森崎不知道这是不是有人故意安排的，但他觉得这下自己有救了。如果要对付夷族的话，那河中央应该是最安全的。

可是……

（为什么在这种地方会出现一个孩子呢？）

必须要救出明日菜。

尽管这并非易事，但……

不能置之不理。

森崎一边轻轻地咂了下嘴，一边向小女孩走去。

*

不知道过了多久，明日菜跑到了一个像是废墟般的地方。

油然而生的绝望感让她一阵头晕。

前方，没有通道。

她拼命寻找通向前方的路，可一无所获，怪物们慢慢地包围了她。

已经走投无路了，明日菜想。

死亡近在咫尺。

怪物的手马上就要抓住她了——

“明日菜！”从天而降的身影挥出短刀斩落了怪物的手。

“快逃！ 跑啊！”

心冲入挨挨挤挤挡在通道上的怪物之中，杀出一条路。

明日菜对眼前的状况一片茫然，只知道紧跟在心身后，“你……是心吗？”

听到明日菜的问话，心满意地笑起来，“这次你没搞错啊！”

暂时甩开了怪物们，心边跑下楼梯边说明，“这里是夷族的巢穴。”

“夷族？”

“那些家伙说你身上流着污秽的血，所以想把你吃掉。快逃！”

“你怎么知道我在这里的？我是跟着你才来到雅戈泰的。”

“你可是给我惹来了大麻烦！”

“什么呀，我只是想再见你……”

“别废话了，快跑！那些家伙追上来了！”

“我在跑呢！”明日菜生气地吼了回去，一边拼尽全力地向前跑，“心，他们追来了！”

“啊，对了，那些家伙害怕水和光，要是能够顺利地抵达河边就好办了。”

于是，两人再度奔跑起来——

“糟啦！”

大地突然在脚下消失。

前方是一道断崖。

明日菜的大脑里再一次闪过“无路可逃”这四个字。

“明日菜！”

无法回应心的呼唤。

仅仅是一个瞬间。

“你拿着格拉维斯的碎片吧？”

“嗯。”明日菜点点头。

心微笑起来，“如果我们能够平安无事地逃脱，就把它交给我。”话音刚落，心就像之前的某次一样，抱起明日菜纵身一跃。

“啊呀呀呀——”

身下是奔流的大河。

紧贴着岩石与岩石的缝隙，两人落入河中，激起高高的水柱。

*

“明日菜！ 喂，明日菜！”有人在叫着她的名字。

全身疲乏无力，真想就这样一直睡下去。

可是，呼唤声怎么也不肯停止。

“明日菜！”明日菜无可奈何地张开眼睛——

眼前是一张忧心忡忡的脸，那是森崎的脸。

“森崎……老师？”

“振作起来！”说着，森崎抱起明日菜的身体。

明日菜终于发现自己正躺在河边，浑身上下全都湿透了，而太阳已经升起。

“如果没有小不点的话，你就危险了……别忘了向它道谢。”

“小不点？”

明日菜顺着森崎示意的目光看去，咪咪正蹲坐在地，一动不动地注视着自己。

“是它把我带到这儿的。”

“那个孩子是……？”明日菜发现了森崎的背上背着的小女孩，问道。

“这个孩子也被那些怪物追赶，结果却救了我。”也许是想要掩饰自己的不好意思吧，森崎伸出中指把眼镜往上推了推，“不说这些了，我先生一堆火，你暖暖身体。”

坐在篝火边，享受着咖啡杯中冒出的热气，明日菜的意识终于彻底清醒了。

“于是……他就说让你把格拉维斯交给他，是吗？”

明日菜把昨晚发生的一切都告诉了森崎。

森崎以手掩口，沉思了一会儿，“那帮家伙袭击了你和这个孩子，看来我们是不受欢迎的人呢。”说着，他把视线转向已经完全恢复了精神头儿、正和咪咪玩耍的小女孩，“这个孩子身上究竟发生了什么事呢？”

也许是意识到自己成为了谈论的话题吧，小女孩走到森崎身边。似乎还不会说话，她发出“呀呀”的声音，用手指着远处。

“是下游吗？”森崎问。

“嗯……”远处传来一声痛苦的呻吟，明日菜这才发现心正躺在一块岩石的阴影下。从他的肩头到胸口有一道深深的、被撕裂的伤口。

虽然本能地想把目光从那道伤口上移开，但明日菜却怎么也做不到。

“心！”

她一边呼喊一边跑了过去。

好可怕的伤口……

“说起来，在这里我还没见过你呢。”森崎也走了过去。

心的脸痛苦地扭曲着，一下子跳了起来。

“你……！”他纵身挡住森崎的去路，“天使长！”

心在距离森崎三步之遥的地方停住了脚步，拿起短刀。

担忧心的伤势，不想让心和森崎发生争执——这两个念头在明日菜的脑海里轮流翻滚，但她却不知道该说些什么才好，最后，一个字也没能挤出来。

心的声音里充满了敌意，“你应该拿着格拉维斯吧！把它留下，然后离开雅戈泰！”

森崎平静地反问，“为什么？”

心摇摇头，“没有理由！ 这是我的任务！”说完他立刻向前一跃，跨过那三步的距离，“把格拉维斯交给我！”

然而，他的动作早已是强弩之末。森崎轻轻松松地避开短刀的一击，快如闪电般用手中的枪敲打在心的颈部。心一下子伏倒在地。

“心！”明日菜跑到心的身边，狠狠地盯着森崎。

可是森崎却满不在乎，“按照那个女孩指的方向走，那里可能会有村落。”

只有这件事不能让步，明日菜想，她斩钉截铁地说：“我要把心也带去！”

“随便你。”森崎冷冷道。接着，他从包里取出绷带和消毒药扔给明日菜。

明日菜把心的伤口消毒了一下，紧紧地缠上绷带。

“这么说起来，瞬的手臂上也缠着我的围巾……”

她想起来。

*

心骑来的马功不可没。

森崎说也许是因为对主人非常忠诚吧，那匹马一直守护在昏倒在地的心的身边。明日菜也知道马是一种十分聪明的动物，可是她没想到马竟然会对受伤的主人如此不离不弃，所以有些吃惊。

将依然昏睡不醒的心和小女孩放在马背上，森崎和明日菜朝着河流下游的方向进发。

大概走了好几个小时，当人和马都已经感到很疲倦的时候，他们的眼前出现了一个被河流和石墙包围起来的村落。

那个村落和他们来到雅戈泰之后，迄今为止所见过的那些废墟迥然不同。

也许是在做饭吧，也有可能是为了取暖，从一幢幢木屋中飘出缕缕白烟。似乎是利用风力进行某种作业的巨大风车正缓缓转动。外墙前方不远处是广袤的农田，让人清晰地感受到生活在此的人们的气息。

“有人……”明日菜喃喃自语。

森崎点了点头，“这是我们看到的第一个有人烟的村落，小心前进。”

农田里作业的人们一看见牵着马走来的两人就立刻慌慌张张地退回村里。从他们手忙脚乱的动作中不难推测出接下来的情况不太可能会朝着平安无事的方向发展。

随后，这种预感成为现实。

三个彪悍的男人骑着马从村落深处朝明日菜他们疾驰而来。三人都披着一式一样的白色斗篷，看来是隶属于自警团或者什么类似的组织的人，也可能是村里的领头人物。

男人们一出现，村民们就自动地让开道。

“大家都退后！”

村民们全都按照他们的指示退回到外墙内侧。

明日菜和森崎迎着他们三人走去。

突然，小女孩从马背上一跃而下，欢天喜地地朝男人们跑去。

看到这一幕，三个男人叽叽咕咕地交谈了一会儿，不过，明日菜一句也没听到。

“停下！”随着一声暴喝，明日菜他们止住脚步。一个看起来像是首领的男人慢慢地向他们走来。

森崎向前跨了一步，挡在明日菜和马匹的前面。

“感谢你把村里的孩子送回来。不过，你们是地上人。

阿莫罗特村是禁止地上人进入的。请你们就此回头吧！”男人用充满威严的声音说道。

森崎似乎一下子不知道该如何回应，明日菜觉得此时此刻自己必须得做些什么，她鼓起勇气指了指伏在马背上的心，扬声道：“请你们至少找个医生看一看这个人。他受伤了，还发着烧。”

男人们小声议论着，“那是迦南村庄里的人吧？”

“雅戈泰人为什么会和地上人在一起呢？”

这些窃窃私语传入首领的耳中。他猛地拔出剑大叫，“不行！ 快离开！”

——不能这样，请等一下！

明日菜刚想开口，森崎摇了摇头，接着就要转身离去。

这时——

“等一下！”传来一个苍老的声音。一位白发苍苍、蓄着长长的胡子的老人亲切地抱起了小女孩，“真奈，你总算回来了！”

接着，他站到那三个男人的身旁，对明日菜他们说：“我希望你们能够原谅村人的无礼，能否让我报答你们救了我孙女的恩情呢？”

“但是——”

老人平静地对大叫的男人说：“就让他们留一晚吧，就当给我个面子。”

男人虽然有些不情不愿，但还是把剑收到了剑鞘里，随后便扬长而去。

“往这边走，你们直接穿过村子的话太显眼了。”

就这样，明日菜一行人被带到了老人的家中。那是一幢宽敞的木结构房子。一到家，老人首先处理了心的伤口。老人家中有各种各样的药材原料，他把这些东西研碎、混合，配制成液体，然后细心地涂抹在心的伤口上。

“烧马上就会退的，但要想走动的话还得等上一段日子，没有生命危险，不用太担心。”

看着依然表情痛苦、胸口不停上下起伏的心，明日菜终于松了一口气，“太好了……多亏了爷爷您。”

要是没有这位老爷爷，根本连这个村庄都进不了。他不仅提供了这个方便，还精心地处理了心的伤口。明日菜觉得再怎么道谢都不足以表达自己的感激之情。

“这个伤口是被夷族所伤的吧？”

“应该是吧……”

“这个受到诅咒而畏惧光和水的种族，同时也是希望让世界保持现今这副模样的组织之一。所以，他们憎恨‘事物的交集'。"

"事物的交集……那么，那个孩子……"森崎还没说完，老人就点点头。

"真奈的父亲是地上人，这种事情很罕见。"

"试验过了吗？"

森崎目光锐利地凝视着老人。

老人再次缓缓地点了点头，"当然，这非我所愿。"

"到底是怎么一回事？"

明日菜依然没有搞清楚状况。虽然她脑筋转得也算快，但在经验和经历方面到底比不上森崎，后者的洞察力堪称敏锐。

森崎用食指把眼镜向上推了推，"昨天，我是在一个类似于遗址的地方救下了那个孩子。你不妨回想一下，我们走到这里花了多少个小时？ 那里可不是一个迷路的小孩子随随便便就能走到的地方。"

话说到这个份儿上，连明日菜都觉察到了蹊跷之处。她心情凝重地轻声说道："那么……啊！ 故意把她留在夷族会出现的地方，试一试她是否能平安无事地回来。为了测试一下她的存在到底是不是被这个世界所认可？"

森崎点点头，而老人则既不肯定也不否定，只说了一句

“请跟我来”，就走出了房间。

这栋木结构的房子非常宽大，到处都装饰着民族风格的棉布织物，令人印象深刻。也许可以将之称为雅戈泰文化吧。

“地上人的来访，对我们而言绝对不是什么吉兆。”走在明日菜和森崎前方的老人继续说道，“曾经的数百年间，地上的国王以及皇帝们不断地从雅戈泰掠夺知识和财宝，因为国王们必须借助雅戈泰的知识和财宝来控制地上的世界，而他们带进来的却是无数的战争。比地上任何地方都要壮丽的城市悉数被毁，我们的人数逐渐减少，现在只剩下为数不多的几个村落。所以，我们依靠格拉维斯关上了大门，将它牢牢锁住，以防地上人进入。”老人意味深长地看着森崎，“我带先生您去书库吧。”

接着，他又看了一眼明日菜，“小姑娘你就在那边帮忙准备晚餐，行吗？”

“好的。”

说实话，自己也想再听听老人谈古论今，不过可以预想那些内容恐怕不太会让自己感到愉快。如果这样的话，与其听老人继续往下说，还不如做做菜，转换一下心情更好。

明日菜一边这样想，一边走进老人所指的那个房间。那个被叫做真奈的小女孩正在屋里剥豆子，蹲在她旁边的是不知道什么时候跑进这个房间的咪咪。一见到明日菜，咪咪就跳上她的肩头。

“哇呀！”真奈跑到明日菜身边，拉着她的手向桌边走去。

饭菜的内容和地面上的差不多。

最先进行的工作是将某种肉和蔬菜切碎，然后包进像饺子皮一样的东西里。接着，明日菜又被拜托处理一种被称为大根——和萝卜非常相似的蔬菜。对明日菜来说，这两样活儿都是家常便饭。

“喂，别这样，咪咪。”

咪咪对明日菜削下的大根皮产生了浓厚的兴趣，开始玩耍起来。听见明日菜的轻声呵斥，不知什么时候回到房间里的老人开心地笑了起来，“我还是第一次看见亚德里克和地上人这么亲近。”

“亚德里克？ 您是指猫吗？”明日菜问。

老人自己也开始削起某种蔬菜的皮，一边回答道：“那是一种体内宿有神之子的动物。和人类一起成长，完成任务后，便会成为克查尔特的一部分，得到永生。”

“神灵……”

怎么会有这种事情，明日菜想。

咪咪只不过是一只从明日菜小时候起就陪伴她长大的猫咪而已。如果会被认错的话，也就是因为耳朵的形状比较尖，可能会被当做是狐狸，怎么会和神灵什么的扯上关系呢？

“太棒了，咪咪。竟然有人把你错认为那么了不起的动物呢！”

喵——咪咪叫了一声。

“好嘞。”老人把铁锅支在火上，然后抱起了真奈，“在饭做好之前，拜托替真奈洗个澡吧？”

明日菜的表情说不出是吃惊还是高兴，“洗澡！？”

*

令人感到不可思议的是，雅戈泰的洗澡方式和日本式的洗澡竟然一模一样。在用石头砌成的浴池内倒满热水，除了水上漂浮着一些香草般的植物之外，可以说其他的一切都和明日菜平时洗澡时没什么差别。

“嗯……”肩部以下的整个身体都泡在热水中，明日菜发出深深、深深的叹息，感觉自从来到雅戈泰之后所经历的漫长旅程中积累的疲劳都烟消云散了。

“洗澡真是件神奇的事情啊！”

真奈完全不明白明日菜在感叹什么。

看见摸不着头脑的真奈，明日菜微笑着说：“觉得把疲倦都洗掉了呢。”

不管我如何解释，真奈依然不会明白吧，明日菜想。

在世界上——地上的世界，听说有些国家是没有泡澡的习惯的。明日菜庆幸自己没有出生在那样的国家。泡澡能够让身体和心灵同时得到抚慰，好像听说泡澡还能令副交感神经如何如何的——不过，说实话，关于这方面的具体情况自己也不太了解。

好了，先不说这些了。

“那么，真奈，我给你也洗一下吧。”

香波、护发素之类的就不指望了，明日菜用一块雅戈泰式香皂般的东西把真奈和自己的头发还有身体都好好地清洗了一番。

在浴池中充分泡暖了身体后，换上老人为她准备的雅戈泰样式的服装。那种宽松、朴素的布衣与西藏一带的（如果明日菜的记忆没有发生偏差的话）民族服装非常相似。之前，只能用河水清洗的衣服现在终于可以用洗涤剂洗干净了，因此，明日菜原本穿在身上的衣服现在都等着晾干呢。

也许是等明日菜换衣服等得不耐烦了，真奈还没完全擦干身体就从更衣间跑了出去。

“喂，真奈，等一下！”

跟在真奈身后，正要穿过客厅的明日菜迎面撞上了森崎，“啊，老师。”明日菜兴高采烈地转了一圈，向森崎展示自己的装扮，“怎么样？ 这身衣服是向老爷爷借的。”

明日菜毕竟是个女孩子。这一阵子脏兮兮的形象似乎已经成为了自己的“正常”状态，难得今天穿上漂亮的服装，以焕然一新的面目出现，所以免不了想要得到别人的夸赞。

然而森崎却用一种看见稀罕物件的眼光上下打量了明日菜一会儿，留下一句“不适合”之后，就扬长而去。

“哼，什么嘛……”

第八章

明日菜洗完澡后歇了一会儿，晚餐就已经准备好了。

看见桌上摆放的碗碟，不由得感动起来。在雅戈泰的这段日子里，说起吃饭，大多是围着篝火，把树叶当盘子，就算是这样的用餐还必须费尽心思才能实现。“正儿八经地吃饭”这还是第一次，真是丰盛啊。

再也等不及了，“我开动了！”明日菜说着夹起一个肉丸子般的东西塞进嘴里，接着从碗里扒拉了一大口米饭。

太好吃了！

世界上没有比这个更好吃的东西了。

泪水情不自禁地从眼角溢了出来。

“别哭着吃东西。”森崎像是吃了一惊。不过，即便被老师这么说，但因为确实太好吃了，实在是控制不住。明日菜接着又夹起一筷蔬菜放进嘴里，“可是真的是很好吃啊！”她回答道，继续大快朵颐。

每一个菜都非常、非常美味。

对如此不顾形象的明日菜视而不见，森崎平静地咽下食物，“老人家……”原本只有咀嚼食物发出的声音的房间内，有一瞬间的沉默，“您能够回答我刚才提出的问题吗？”

刚才的问题？

明日菜还在努力回想，老人开口回答：“在雅戈泰，让死者复活是被禁止的。”

死者复活。

对了，如此说来，差一点忘记了——我们是为了这个才会坚持踏上如此艰辛的路程的。竟然差点儿忘了这么重要的事情，自己也实在是太糊涂了。

森崎语气尖锐，“被禁止？ 也就是说是可以复活的吧？”

原来如此，的确是这么回事，明日菜想。如果死者无法复活的话，那么从一开始起就没有禁止的理由。正因为可以复活，所以才会被禁止。

让死者复活。

——真的可以让瞬复活吗？

明日菜的心中充满期待和不安，等着老人往下说。

老人一边往茶杯里倒茶水，一边说：“生和死都只是更大的事物的发展过程中的一部分而已。不能允许人类阻碍这个发展过程，否则会给每一个人都带来不幸。”

然而，森崎却并没有因此放弃。

那也是理所当然的，明日菜想。因为已经走到了这一步，十年来的努力眼看着就要开花结果，森崎怎么会轻易放掉抓住结局的这个瞬间。

“为什么要祈求别人的允许！ 这种至理名言地上也多得很！ 我想知道的是，到底在什么地方、怎么样做才能再次见到那些失去的人——仅此而已！”

老人闭上了双眼。

对明日菜来说，这片刻的沉默也让她感觉喘不过气来。

不一会儿，老人抬起头，“悼念死者固然没有错，但不断地怜悯死者和自己则是不正确的。先生您因为自身的迷惘，把还未成年的少女也卷了进来。”

“明日菜之所以会在这里是明日菜自己决定的！”

“那、那个！”明日菜勉强插进两人的对话，“我……”

可她的努力完全是徒劳。

森崎接着往下说：“只会抬头仰望！ 你们就是这样躲

在洞穴里藏了整整两千年！ 所以才会灭亡！”

老人默默思考了一会儿，突然转向明日菜，“小姑娘，不好意思，麻烦你去看看那个少年的情况。”

明日菜也听出了老人的言外之意，是希望她离开。

自己也想听下去，不过，明日菜觉得这样可能有点任性吧。

“你去吧。”森崎也附和道。

明日菜站起身，照老人的吩咐向心躺着的那个房间走去——她在门前停下脚步，拿出口袋里放着的小镜子打开，对着镜子重新整理了一下刘海。

为什么要这样做，连她自己也不知道。

轻轻推开门，走进房间。

心闭眼躺在床上，明日菜一进屋他马上就睁开双眼，“这身打扮……”

明日菜一怔。没想到心立刻就发现了自己穿着和往常不同的服装，她心里泛起一丝欣喜。尽管森崎说这身衣服不适合自己，但可能只是因为他没看惯雅戈泰的服装吧。心会说些什么呢——

“不适合你。”

原本的期待化为气恼。

“什么呀！ 怎么这么说！”她鼓着腮帮子，怒气冲冲地说。

心开心地笑了起来，接着马上又恢复到严肃的表情，“为什么要救我？”

“唉？”明日菜没听明白。

“为什么要救我？”

为什么要救心？

眼前有一个受了重伤的人，伸出援手是很正常的吧——

“心你也救过我呀。”明日菜说。

心的声音一下子激烈起来，“我只不过是在替哥哥善后！”

“替瞬……”

明日菜不知道这到底是怎么一回事。

不过，心的确说过他的任务是取回瞬拿到地上的格拉维斯，想必他说的就是这件事吧。

心挣扎着想要支起身体——可是似乎被一股看不见的力量按住了一般，无法挺起身体。

“心！”明日菜非常担心，想要帮忙扶起心的身体，却被心拒绝了。

心始终无法坐起身来，“唉……”他轻轻地悲叹一声，重新躺倒在床上。

“不要勉强，你还不能动！”明日菜打心底里担心他，可心却固执地说：“你们不能留在这里。”

心凌乱的刘海遮住了他的双眼。

所以，明日菜看不到这时心的脸上有什么样的表情。

“我也应该让夷族杀了你们，然后夺回格拉维斯。不——在地上时就应该把天使长和你都一起杀了！”

明日菜一句话都说不出来。

她搞不明白到底是什么打击到了自己、自己为什么会深受打击。

真的是非常、非常讨厌心会说出那些话。

“出去！”

“心……”

“你给我出去！”心大叫。

明日菜垂头丧气地离开了房间。

她情绪低落，一股黑暗的迷雾在内心深处卷起漩涡。

回到客厅，森崎似乎正在等她，“明天很早就要出发，早点睡吧。”说完，森崎就消失在安排给他的那间卧室门口。

心情烦躁，想要和谁说说话，明日菜向老人的房间走去。

老人正在收拾晚饭后的餐桌。他没有回转身，“对不起。”老人开口道，“我不能让地上人长时间逗留。”

*

明日菜躺在床上，久久无法入眠，咪咪小步跑进房间。可能是夜晚的灯光照进了眼睛里，它的瞳孔发出绿色的光芒。

咪咪温柔地舔去明日菜脸上静静流淌的眼泪。

*

心独自一人躺在床上，用那只还能自由活动的胳膊遮住脸庞——

一行眼泪慢慢地流了下来。

“哥哥……”他轻声自语。

*

老人独自坐在暖炉前，抽着烟斗。

响起了三声规规矩矩的敲门声。

接着，是一个男人的声音，“老人家，夜深了还来打扰，对不起。”

老人似乎早已预料到这深夜的来访，答道：“请进。”

森崎推开门走了进来。

“您有什么事吗？”

“有两点我想确认一下。”森崎正想往下说。

“来，坐在这儿吧。”老人开口道。

森崎按照老人的指示坐了下来。

“要喝点茶吗？”

“不用了。”为了不显得失礼，森崎特意用和缓的语气拒绝了老人的提议，“先前，我听说夷族厌恶事物的交集。”他开始切入正题。

森崎话一出口，老人好像已经察觉到他要说些什么了，不过老人并没有出声，任由森崎往下说。

“那个小女孩是雅戈泰人和地上人的混血儿，正因为如此她才被攻击的。”

“我知道你想问什么……”老人熄灭烟斗的火，站起身来，“就算你知道了答案，也不会让任何人幸福。”

森崎默不作声地思考了片刻，之后点点头，“也许您说得没错。”接着，他从胸前的口袋里掏出香烟，“我可以抽烟吗？”

“抽吧。”

森崎点上火，慢慢地吸了一口，再缓缓吐出烟雾，“从刚才起，还有一点让我无法释怀。”

“什么？”

“您在晚餐时说的话。老人家，您说死者的复活不会给任何人带来幸福。当时，我热血上头，没有注意到。但是冷静下来一想，我发现您的话有些不合理。”森崎接着说，“应该是有人打破过禁忌吧？我想见一见这个人。”

第九章

天亮了。

老人带着明日菜和森崎来到了村里的小码头。

“你们上这艘船吧。”老人说，他为明日菜他们准备了一条独木舟般的小船。

明日菜一言不发地抱住老人，老人轻轻地拍了拍她的背，“就像是我的女儿回来了。”

对于明日菜来说，感觉也一样。

明日菜从没见过祖父祖母。可是她觉得如果自己有祖父的话，应该就是这种感觉吧，所以眼前的离别分外艰难。不！ 也许不是这样的。仅仅是因为感受到了自从来到雅戈泰之后一直无法接触到的——除了森崎之外——人与人之间的温情。那种感觉如此温暖，所以，要离开那份温暖时就格外艰难。现在的明日菜根本无法判别自己的内心到底是怎么想的。

“爷爷……真奈，你们保重。”明日菜说，她放开老人，接着又抱住了真奈。

老人以慈祥的目光凝视着这幅情景，随后转向森崎，“一昼夜的时间就可以抵达先生想见的那个人的住所，接着再花一昼夜的时间就可以到达湖——那儿离你们想去的地方很近。”

“非常感谢。”

昨夜，晚餐后，这两人之间到底进行了一场什么样的对话？ 明日菜还没来得及细想。

“明日菜！”森崎催促道。明日菜跳上小船。

还想有一些时间来依依惜别，可这样一来的话，恐怕永远都无法出发。这样一想，明日菜就有点理解森崎那种可以说是冷酷无情的态度了，也许森崎自己也感到寂寞吧。

明日菜回头，“咪咪，快上来。”

她呼唤蹲在真奈头上的咪咪——

但和之前的那次一样，咪咪没有听明日菜的话。

虽然自从那次之后，咪咪再也没有不听明日菜的话，但这时它却只是“喵”地叫了一声，依然倔强地蹲在真奈的头顶上，动也不动。

明日菜焦躁地盯着咪咪。

“这孩子也许已经完成自己的任务了。”老人说。

不明白老人在说些什么，明日菜只会发出轻轻的疑惑声，“唉？”

老人的语气依然像昨天那么沉稳，“人类无法决定亚德里克的行动。”

亚德里克……

咪咪应该不会是那种了不起的生物吧。

只不过是一只猫而已，可怎么会……

“怎么会……我们一直在一起的呀！ 咪咪！”

对于明日菜悲痛的呼声，咪咪不为所动。

这次割断这份依依不舍的仍然是森崎。

“明日菜……”他平静地说，“你只有接受。老人家，拜托您了。”

接着，不顾明日菜的不舍，船慢慢地开动了。

“咪咪！”明日菜依然在呼唤。

现在跳上船还来得及。

“咪咪！”

但是，咪咪还是一动不动地看着明日菜。

“老师，等一下！ 等一下！”

咪咪的身影越来越远。

越来越——远……

“真奈！咪咪就拜托你了！咪咪！要听真奈的话哦！”

然后……

“再见……”明日菜最后的轻声告别，甚至连同船的森崎都未必能够听清楚。

*

接下来的乘船之旅非常顺利。

森崎静静地划着船，两人经过河边的几个小村庄、废墟、荒芜的田地和草原，一路顺流而下。河水清澈见底，可以看到好多鱼在水中游来游去。

“老师……”

小船航行了数个小时之后，明日菜平静地开口道。

森崎没有回答，只是静静地划着船。

“您还记得曾经在课上说过的故事吗？关于伊邪那岐和伊邪那美的那段神话。”

“啊……”似乎被明日菜的话触动了心弦，森崎停下了划动船桨的手，坐在船舷边，从怀里掏出香烟，点燃。

“我很想知道结果，所以就在图书馆读完了那个故事。”

烟雾静静地、静静地消失在空气里。

“伊邪那岐在地底见到的是已经腐朽糜烂、变得面目可怖的妻子。即便如此，还是要让死去的人复活，这真的是……正确的吗？”

森崎没有回答这个问题。

对于这件事，恐怕森崎自己也很难衡量对错吧，明日菜决定这样解释。

森崎一边吐出烟雾，一边说：“旅行快要结束了。究竟要在生死门前寻求什么，明日菜，你自己决定。”

自己，决定。

寻求什么？

也许是瞬的复活，也许是父亲的复活，但明日菜又觉得似乎这两者都不对。如果是这样的话，自己到底是为了什么才踏上这次旅程的呢？

即便是这一点，她也不搞清楚。

漫漫长夜到来，过去，清晨降临。

森崎发现一个小小的码头，便把船停靠在那里。

“老师。”

“什么事？”

“有一件事我一直没有机会问您——老师您想见的人到底是谁？”

森崎把小船系在岸边，回答道：“在这个村庄里，住着一个曾经真的让某个人复活的人物。我读过相关文献，也从老人那里听说过，不过，亲耳听当事者诉说事件的过程，应该最有参考价值。”说着，他离开河边，向村庄走去。

那是一个比阿莫罗特小得多的村庄。

披上老人给的外套，明日菜和森崎走进村庄。

“不好意思，我们正在研究‘死者的复活’……”遇到一个村民，森崎上前询问。对方的表情一下子就阴云密布，“对不起，我什么都不知道。”

“这个村子里有一个曾经使死者复活的人吧？”森崎强硬地追问道。既然抓住了对方的弱点，就没必要表现出谦逊的态度。

森崎的策略看起来成功了——村民低下头，“不要说是我告诉你们的。”

森崎点点头。

“那个森林的入口有一间小屋子，你可以去问问住在那里面的女人，其他……”

“不需要，这就足够了。谢谢！”森崎说完，立刻朝森林的方向走去。

“喂，老师。”

“什么事？”

此时，明日菜的心中涌起一股模模糊糊的不安——

她不知道该对回头看向自己的森崎说些什么。

“没……没什么。”

“快走吧。”

他们很快就发现了要找的目标。

因为森林边的小屋只有孤零零的一间。

为了抵御外敌入侵，其他房子都建在一圈木头搭建的围墙之内。只有这一栋小屋似乎被其他房屋排挤一般，建造在木墙之外。

“嗯……确实有些不对劲儿——不！ 既然打破了让死者复活的禁忌这件事已经在村民中传开了，那会被如此对待也就没什么奇怪的了。”

要去那样一间屋子拜访，明日菜觉得非常恐怖。

但是即便如此，森崎却没有一丝犹豫。

走近一看，房子的情况便一目了然。说它是一间破木屋好像更合适，叫人怀疑里面是不是真的住了人。

站在玄关前，敲了三下门。

“对不起，请问有人在吗？”森崎问道。

过了一会儿，门内传出一个充满戒备的女人的声音，“什么事？”

“那个……”

森崎用右手挡住想要开口说话的明日菜，“多余的话就不用说了，你安静地待着就行。”

“好的。”明日菜虽然有些不满，但立刻就觉得这样也好。因为一来自己并没有自信能够面不改色地说谎，二来她认为森崎能够做到这点。

事实证明她的判断没错。

“我们正在研究‘死者的复活’。听说住在这所房子里的人曾经真实地进行过‘死者的复活’，所以才来到这里。能不能把事情的经过讲给我们听听？”

过了数秒钟，屋里的人才有回应，“不好意思，这里没有曾经让死者复活的人。”

森崎举起拳头，咚的敲了一下门，“这件事已经传到了阿莫罗特村！”他的语气变得粗暴起来——接着，轻轻地摇摇头，“对不起，请您说实话！”他努力让自己的声音保持平静，继续说道，“研究死者的复活——这些话都是谎言。我想要让自己的妻子复活，为此正在收集相关信息。”

门内的人似乎吃了一惊。

“麻烦您，能不能把事情的经过讲给我们听听？”

伴随着一阵吱吱嘎嘎的声响，门打开了。一个二十多岁、肤色苍白得极不健康的女性探出脸来。

*

和外观一样，屋子里也破败冷清。

说实话，有点可怕，让人感觉不怎么舒服。明日菜装出若无其事的样子，尽量不把自己的真实感受表现出来。屋内的地板腐败不堪，上面敷衍了事地摆放着几个棉布坐垫，女人让他们两人坐下来，自己坐在他们对面。

“我叫森崎龙司。”森崎自报家门，“为了让十年前死去的妻子复活，从地上来到了这里。”

森崎竟然没有说谎，为什么？

明日菜认为也许森崎是想要对这个女人表示自己真挚的态度。实际上，森崎只是觉得如果对村民们说出真相可能会引起骚动，而如果是这个女人的话应该没有问题。

“你们是……地上人？”

“是的。”

“刚才我已经说过了，这里没有曾经让死者复活的人。”女人说，森崎正要开口，女人抢先说道，“这里有的是一个被自己的爱人复活的人。”

森崎倒抽了一口凉气。

明日菜一下子没有听懂。

“您知道让死者复活是要付出代价的吗？”

“代价？”

女人点点头，“告诉您晚了，我叫娜美，我的爱人名叫伊文。五年前，我离开了人世。”

听死者亲口诉说自己的死亡，让森崎产生一种不可思议的感觉。在地上是不可能发生这种事情的。

“那么，代价到底是……”

面对森崎的问题，女人微微低下了头，“掌控死亡的神是不会无偿地拯救人类的。如果他这样做，那么人类就会从死亡的概念中被解放出来，从而阻碍更大的生命流程的运转。”

“嗯……”

那——

应该会如此吧，明日菜想。

如果真的存在没有死亡的世界，那么世界上就会挤满了人。

——事实上，森崎和娜美的谈话越来越晦涩难懂，对于小学六年级的明日菜而言，那已经达到她理解力的极限了。

“因此，为了能够从死亡中逃离，就必须付出极大的代价。曾经……”娜美停了一会儿，“曾经，在格拉维斯阻断了地上和雅戈泰的通路之前，有许多人从地上来到这里。”

“寻求雅戈泰的知识和财宝。”森崎接着娜美的话往下说，“关于这些事，我已经从阿莫罗特村里的一个老人家那里听说了。”

但是，面对急着要把对话转向正题的森崎，娜美却似乎有些必须要事先说明的话，她继续慢慢地说，“地上人向雅戈泰寻求的最大的力量之一就是长生不老。正因为获取这种力量需要极大的代价，所以没有人能够得到——除了极少数的例外。”

“例外——有人获得了长生不老的方法吗？”森崎的声音充满震惊。

娜美点点头，“地上不也有这样的传说吗？应该已经死亡的名人其实还活着，等等。”

明日菜思索着，脑海里突然浮现起源义经的传说[1]，接着又想到卑弥呼[2]好像也是如此。明日菜能想到的只有这两个人。森崎点点头，“没错，的确有好些事例。仅仅是在日本——也就是我居住的国家，也不乏这样的例子，放眼世界的话，就更加数不胜数了。”

“虽然无法证明这些例子是否全都是获得长生不老之秘的人，但付出巨大代价而得到长生不老的人的确存在。”娜美说。

森崎有些焦急，“从刚刚开始，您就多次使用了‘代价’这个词，却一次也没有具体说出这个代价的内容是什么——究竟要付出什么？”

“代价……不同的时间、不同的地点、不同的人，要付出的代价也各不相同。”娜美说，她的表情充满了悲伤。

森崎看起来有一瞬间的犹豫。

然而——最后还是决定问出来。

“伊文先生不在这里，和那个代价有关吗？”

---

1 源义经（1159—1189），日本平安时代末期名将。出身于河内源氏的武士，家系乃清和源氏其中一支，是日本人所爱戴的传奇英雄之一，由于其生涯富有传奇与悲剧色彩，他去世后曾有传闻说他并没有死，而是北逃至北海道。

2 卑弥呼（约 158—248），日本弥生时代邪马台国的女王，会使鬼道，以妖惑众，年长不嫁，民间有其未死的传说。

娜美缓缓地点了点头,“让我复活的代价就是他的生命……他,为了我,放弃了自己的生命……”

那是一件多么残酷的事情啊,明日菜想。她联想起欧·亨利的《麦琪的礼物》。当然,那是一个温馨的故事,而发生在娜美身上的事却悲伤、悲惨至极。

“复活,对我来说毫无意义。我独自一人活在没有他的世界里,有什么意义吗?!”

*

森崎和明日菜回到船上。

然后,两个人都沉默了。

明日菜嘟哝了一句,“让人复活真的是一件正确的事情吗?”

森崎没有回答。

明日菜小声说:“因为并不知道他(她)本人是否希望复活。”

“那个嘛……”森崎一边划动船桨,一边说,“不让他(她)复活,是不会知道的。”

第十章

屋里响起的哭泣声让心睁开了眼睛。

他已经可以起床了。虽然身体还有些酸痛，但心还是从床上爬起来，走向哭声传来的地方。

是真奈在哭，老人站在她身边。

真奈手中是一动不动、蜷曲成一团的咪咪。

——死了吗？心想，明日菜要是知道了一定会很伤心吧。

“在这个世界上的任务已经完成了，是时候到下一个世界去了。痛痛快快地哭一场，也当做是为了那个小姑娘吧。”老人沉稳而温和地说。

等到真奈终于停止了哭泣，老人带着她和心来到村外的草原上。一望无际的大草原上，仅仅在老人手指着的方向有一座岩石台。真奈跑过去，小心翼翼地把咪咪的遗体放在石台上。

“马上就会来的吧。”老人说。

过了一会儿——

“那是……克查尔特！”心吃惊地叫道。

一只克查尔特从草原的那一头慢慢地走来。它有着人类的肤色和形态——却比人大上数倍的身体，身体上布满克查尔特所特有的几何图形。

“多么古老……”

丝毫没有留意因为吃惊而喃喃自语的心，克查尔特走到岩石台边，抱起咪咪的遗体——放进自己的嘴里。

老人严肃地说：“那样，生命就成为更大的事物的一部分。”

“明日菜也会那么认为吗？ 对她来说如此重要的存在死去了……”

此时从心的嘴里吐出的话语是寻常的雅戈泰人绝对不会说出口的。

“老人家，雅戈泰的世界对于现世中生命的无常、生命的无意义已经了解得太多了，正因为如此才会走上灭亡之路吧？”心说。

老人稍稍吃了一惊，不由得睁大了双眼——

然而，立刻又恢复了宽厚的笑容，“你的鲁莽冲动很像那个地上的男人呢。”

——我，像那个天使长？

虽然绝不赞同老人的说法，但心自己也知道，在雅戈泰生活的人是绝不可能说出自己刚才说的那些话的。

自己被那些地上人影响了。

“这……”

心瞬间失语。

这时，他看见之前在村口迎接森崎和明日菜的那三个身穿套头衣的男子正骑着马远去。“那是……”看到这一幕的心立刻发现了他们腰间悬挂着的危险物品，“那是长枪！”

听到心的话，老人感慨地摇头道：“他们这是打算即便杀人也要阻止地上人吗？”接着，他看向心，“和你肩负的任务一样吧。”

的确如此。

就算杀了他们也没关系，必须阻止地上人进入雅戈泰世界的深处。

“哼！”

心飞奔回老人家，飞快地在马厩中找出自己的马，跃身跨上，正想策马奔跑。

“你想干什么！”老人问。

阻止地上人是自己的“任务”，所以必须由自己来完成。

至于自己想干什么？怎么干？应该怎么干？他还没来得及考虑。

这些问题都没有答案。

心摇摇头，“我不知道！但是……”

话音未落，他已经策马奔出。

不能不管明日菜。

不能任由她被那些人杀死。

必须要去救她。

他想的就只有这些。

心回头对老人说：“我一定会报答您的恩情的！驾！”他大喝一声，勒紧缰绳，马蹄踢散草叶，开始全力飞奔。

*

不久之后，河道越变越窄，最终在岩石场前变为一片湖泊。

把船弃置于岩石场，森崎和明日菜顺着倾斜的岩壁往上攀登。

“就在这座山脊的背后。”森崎回头对明日菜说。

马上就要到了，明日菜想，这场旅行马上就要结束了。

可是，自己为什么会这么“不高兴”呢？

“在夷族出现之前，快走！”森崎说。

这时，明日菜偶然发现……

“怎么了？”

就在森崎开口的一瞬间消失不见了，但刚才，的确——

“您没有听见什么声音吗？”

森崎环顾四周。

周围只有冷风呼啸的声音。

——不对！

虽然很陌生，但一听立刻就知道。

马蹄声正在接近。

出乎意料，那声音就在附近。

因为岩石场地势起伏不平，所以直到马蹄声非常接近了，森崎才有所发现——话虽如此，即便能早一点发现，或许也并不能采取什么措施。

岩石场上出现了曾经在阿莫罗特村村口迎接森崎和明日菜的那些男人们骑在马背上的身影。

一看就知道来者不善。三个男人全副武装。森崎觉得必须加快速度往前赶。

“明日菜，快跑！”他催促道，自己也跑了起来。

森崎和明日菜飞快地登上倾斜的岩壁。

此时，一个男人从腰间抽出长枪瞄准发射。

幸运的是——这样说比较合适吧，子弹射在了岩石上，石屑飞溅。也许，那只是威慑性的射击吧。

森崎伸手拉住明日菜，隐身在身边一块岩石的背面。

该怎么办？

在束手无策的明日菜面前，森崎从怀里掏出手枪。

“藏好！ 很快就结束了。”说着，森崎也开枪还击。

子弹在空中你来我往。

弹丸在身边近在咫尺的地方爆裂，双方的射击都没有命中。

“老师！”

不可以杀人——

可能是明白明日菜想要说些什么，森崎简短地说：“他们也打算杀了我们！”

正当他想要继续射击时，一把突如其来的短刀弹飞了森崎手中的枪。

那是从完全意想不到的方向飞来的一击。森崎虽然没有避开，人却毫发无伤。看来这把短刀是只瞄准手枪进行了一次完美的投掷。

“什么！？”森崎大叫，明日菜也吃了一惊，顺着短刀投来的方向看去——

“啊！”

从那个方向骑马跑来的是心。

马飞奔的势头还没有完全止住，心已经从马背上跃下，拾起击飞森崎手枪的短刀，架在身前。

他挡在森崎和明日菜前面，与阿莫罗特的士兵正面相对。

“心！”

“别多管闲事！”

明日菜和森崎同时出声。

“不能杀人！这只会增加雅戈泰的仇恨！”

心坚定地回应。

心是来救我们的吗？

虽然，那时候他说应该杀了地上人。

真是太让人高兴了，太高兴了！

对面的阿莫罗特士兵们下了马，“你是迦南村的人，为什么要保护地上人？”

“这两个人救了你们村的小女孩！对你们有恩！”

“放任这些地上人为所欲为的话，会招致我们的灭亡。不能为将来留下祸根！”一个男人叫道，接着端起长枪——

心迎着他们冲了过去。

先向侧面一跃避过子弹，紧接着抓住这个空当掷出短刀击飞对方手中的长枪。男人向前一个箭步，与心之间的距离已然触手可及，他也拔出自己的长剑，朝着心猛力斩下。心举起短刀架住对方的一击，向旁错开一步，避开攻击。

一击、两击、三击！

男人的剑沉重，心的短刀轻盈。

交锋的两人看起来势均力敌，心的短刀渐渐被男人的长剑压了下去。

“心！”

森崎伸出右手拦住大声呼喊的明日菜。

“欠你的我会还！ 快走！”心大叫着挥出短刀，击退了男人的剑。在重量上虽然稍逊一筹，但是在速度上心却占有优势。快如闪电的攻击威力惊人。森崎觉得心绝对不会落于下风。

现在就听从心的安排吧。拉起明日菜的手，森崎向那些男人们笑了笑，接着就开始攀登岩壁。

四击、五击、六击！

心的短刀和男人的长剑又撞击了三下。

两人都没有后退一步。

本来站在一边掠阵的一个男人想要从他们身边经过——

心一边挥舞短刀接住男人的长剑，一边利用对方的一击之势高高跃起，挡在那个想要追击明日菜他们的男人面前。他飞起一脚，一个漂亮的回旋踢正中想要拔剑应战的那个男人的下颌。对方摔倒在地，心转过身，重新回到刚才的战斗中。

男人笑了一下，“真厉害啊！”

“让我来！”站在一旁的另一个男人下马拔剑。

心调整了一下急促的呼吸，上前迎战。

*

森崎和明日菜离开战场，登上了山脊。

在被夕阳染红的天空下、在筋疲力尽的明日菜的面前，森崎开口了，“这里就是世界的尽头——菲尼斯·特拉。”

呈现在他们眼前的是一个——

一直延伸到遥远的地平线那头的、巨大的、巨大的、巨大的、深深的洞穴。

森崎开始朝深渊边跑去，“快走，不要白白浪费了他的帮助，”

明日菜跟在森崎身后也跑了起来——

然而，眼前是一片断崖绝壁，往下看深不见底，只能看见无穷无尽、无限延伸的岩壁。

心中升起绝望的感觉。

自己是绝对不可能爬下去的，明日菜想。此刻森崎却已卸下肩上的行李，轻描淡写地说："把行李放下。我们要爬下悬崖。"

明日菜胆战心惊地看着那个深渊——

即便是攀岩高手恐怕也爬不下去吧，时隔很久之后，明日菜在回想起那个深渊的时候这样想到。而此时的明日菜所能感受到的仅仅是一种单纯的、生命最根源性的感情——恐惧。

两腿发软，无法站立，明日菜跌倒在地上，"我不行，还是另找一条路吧。"

然而，森崎却冷冰冰地回答："没有时间了。太阳一下山，夷族就会出现。快走。"

"唉？"

森崎用手搭住岩壁，小心翼翼地向下爬。

明日菜赶紧放下行李，"老师！"

森崎慢慢爬了下去。

明日菜也跟在他的身后——

眼看着就要被深渊底部吹来的风刮走了。

“明日菜！”在这千钧一发之际，森崎及时拉住了她。

两人重新回到深渊边缘。

明日菜浑身无力，整个人趴在地面上，眼中涌出的泪水无法抑制。

有生以来第一次感到自己竟然如此无力。

太羞愧了。

虽然一路走到了这里，但眼看终点线就在前方，却无法跨出这最后的几步。真叫人懊恼。可是不行就是不行，怎么都做不到。

“明日菜……”

森崎叫了一声。

泪珠扑簌扑簌地往下掉，明日菜仰起脸。

森崎温和地说：“好好听着。你越过了峡谷海，走过了漫长的旅程，来到了世界的最深处。你也一定能越过这片悬崖。你是为了什么才来到雅戈泰的？”

森崎的目光依然那么温和。

——简直就像是一个注视着自己女儿的父亲一般。

可是，明日菜摇了摇头。

也难怪。

站在那堵悬崖上，就算是成年人也会踌躇不前，或者说是有自知之明地选择绕道而行——那绝对不是一个年仅十一岁的小女孩能够挑战的地方。

“我……不行，一定做不到……”

这句话与明日菜在旅行之初说过的话一模一样。

*

心和男人之间的战斗还在继续。

然而——

心和男人之间存在着两个决定性的差异。

不——应该说只有一个！

不管怎么说，心只有十一岁，而阿莫罗特村那个男人的年龄足足是他的三倍。

无论是在体力方面，还是在经验方面，毋庸置疑，心处于劣势。

心的动作有一刹那的迟缓，男人没有放过这个瞬间。

横劈而下的拳头打在心的脸颊上，心被击飞，短刀也脱手落在了地上。整个人在地上打了几个滚，如一片落叶般掉落在地。

“停手吧！ 否则你在雅戈泰将会失去栖身之所！”男

人用剑尖指着心说道。

“栖身之所……”心挣扎着站了起来，猛地挥出一拳，“我从来就没有过！”

男人接住了这一拳，却并没有再次挥动长剑。

心将将躲过男人反击的拳头，一口气又击出三拳，男人一一腾跃闪避。

*

“明白了。”森崎对痛哭流涕的明日菜说，“我一个人去。把格拉维斯给我，你拿着这个。”森崎把手枪递给明日菜，“沿着河逆流而上，回到老爷爷的家去。晚上就下水，可以避开夷族。”

森崎停了一下，觉得这句话必须要说出来，“明日菜，我希望你能活着。”然后，他微笑起来，“或许我说得太轻松了吧，但如果可以的话，请你千万要记住！”

在明日菜的记忆中还是第一次看到森崎露出如此温柔的一面。

自己也必须说点什么，她想，可是什么话也没能说出来。

“啊……”

森崎不再开口，转过身，默默地向菲尼斯·特拉的巨大深渊走去。

*

脸上中了一拳、乱了架势的心被男人狠狠地踢飞出去，接着再次滚落在地面上。

这次，他再也没有站起来的力气了，连男人架在他脖子上的剑刃都无力避开。

——自己恐怕要被杀死了，心想。

就在此时——

心闻到了格拉维斯的气息。

没错！ 他能够“感受”到格拉维斯的存在。

那是之前的心无法做到的，是他无法飞越的壁垒。

而现在，他轻而易举地做到了。

接着，男人们似乎同样也感受到了格拉维斯的气息。

“格拉维斯消失在菲尼斯·特拉之下了。既然如此，就不用再追了，再打下去也毫无意义。”说着，男人收剑入鞘，“反正地上人是无法活着爬下悬崖的。”接着，他转过身，一边跨上马一边对心说，“小家伙，既不属于地上也不属于雅戈泰的你，今后将连一个安身之处都没有了吧。”说着他骑着马慢慢离去，“是你自己选择了永远流浪的生活。你就不断地后悔去吧！”

男人们的身影消失了，过了一阵子，心终于摇摇晃晃地站起身来。蹒跚地走向自己的爱马，“对不起，让你跋山涉水来到这里，还能站起来吗？”

马儿静静地听着心说话，然后站了起来。

“接下来，我们去哪里呢……”

第十一章

太阳下山了。

把森崎留下的手枪放在脚边，明日菜只是一动不动地坐在地上。

巨大的无力感充斥了身体，她的脑海里一片空白。

身边只有冷风静静掠过的声音，不一会儿，太阳落了下去。

并没有忘记。

虽然并没有忘记——

终于发现夷族从地面下探出头来。

明日菜惊呼一声，抓起手枪，拔腿就跑。

太阳还没有完全落下，如果拼命跑的话，应该可以跑到夕阳的光芒下。

然后，翻下山脊，跑到湖边。

总之，必须跑到有水的地方，明日菜一门心思地想着。

抵达湖边，双脚陷入淤泥中，差点摔倒，她仰起头——

环顾周围，明日菜不寒而栗。

湖泊四周都被夷族包围了。

到处都是红色的眼睛、眼睛、眼睛。

明日菜不顾一切地向河的上游跑去。

向前、向前！

夷族的包围圈也随着她的脚步不断移动。

向前、向前！

明日菜气喘吁吁地停下脚步，夷族们的动作也戛然而止。

朝着上游，迈步、迈步、迈步——

明日菜……

头脑中想起瞬的声音，

——我祝福你。

那天晚上，明日菜问妈妈：“妈妈，祝福是什么？”

妈妈一脸惊讶的表情，反问道：“祝福？”

明日菜没有提起瞬亲吻她的事，回答道：“说是要祝福我。”

“有人对你这样说吗？”

印在额头上的一吻代表祝福，明日菜的母亲应该知道这一点吧。所以，她或许已经猜到有人在明日菜的额头上留下了一个吻。

明日菜自己并没有想到这些，她点了点头，“嗯。”

听到女儿的回答，妈妈微微笑了起来，“这代表着明日菜能够降生到这个世界上真是太好了。我也是这样想的。”

无数的回忆在明日菜心中苏醒。

和妈妈共度的两人世界。

学校中的生活。

和瞬之间的点点滴滴。

和森崎两人的旅行。

还有，和心之间发生的一切。

“明日菜……”

她觉得听到了瞬的声音。

“你为什么要来雅戈泰？”

为什么要来雅戈泰？

自己从来没有认真想过，此时，面对这个问题，明日菜终于找到了答案。

“原来……”她一下子跪倒在地面上，喃喃自语道，“只是因为……我……太寂寞了。”

竟然是一个如此简单的、极其极其简单的答案。

仅此而已。

只是为了这个原因，自己才来到了雅戈泰。

这时，明日菜的耳边响起一阵令人毛骨悚然的喘息，她回过神来。

是夷族。

“啊！”

疏忽大意了。

也许是因为太专注于回忆。

也许是因为一门心思往前跑。

竟然没有发现退潮了，而自己已经偏离了河道。

明日菜终于醒过神来，“水是什么时候退的！”

夷族们越走越近，越走越近。

无数、无数的血红的眼睛。

“呀！”明日菜捡起一根落在地面上的木棍，朝离自己最近的夷族打去。

木棍一下子折断了。

夷族丝毫没有反应，一把抓住明日菜的脖子，将她高高举起。

无法呼吸。

渐渐模糊的意识中，她突然想起手中的枪。

射击——

一口气射出弹匣中所有的子弹，但一发也没有射中。

明日菜的手再也没有力气了，手枪滚落在地。

“科……莱达……”夷族发出可怕的声音，“科亚……达……”

只见它嘴巴大大地张开，露出满口尖牙。

明日菜觉得死亡近在眼前。

第十二章

那时候，对心而言，瞬就是“整个世界”。

“哥哥，我进来喽！”

兄弟两人住的小楼是“老师”留下来的，在二楼的一角有一个被他们两人称为“地上小屋”的房间，这个房间是“老师”为了研究地上世界而特意布置的。

瞬十分喜欢这个房间，没有任务的时候，他总是待在那里。

“啊，是心啊。我正想要喝点东西呢。”

“你能这么说，我很高兴。”心把泡好的茶递给正在读书的瞬，“不过，看到哥哥你这么吃药，我总觉得很担心呢。”

“啊，对不起，心。”瞬的手里握着一个装着药粉的袋子，“心，我听说地上呀，有能够治疗疾病的药。”

“治疗？”

“嗯，据说像我吃的这种药，在地上叫做‘对症疗法’，很多时候只能缓解一时。”瞬说着，喝了一口茶把药粉吞了下去，“啊，心泡的茶很好喝啊！”

“和药一起吞下去，就算你说好喝，我也不开心。”

不过，心内心中并没有觉得不快，只是有一种温暖的感觉。

“心……”瞬说，“如果去地上的话，应该能找到治我病的药吧。”

“怎么可以！”心激动得连声音都变调了，“现在的哥哥要是去了地上，可能连几天都活不了吧！？ 哥哥，求你了……”

剩下的那些时间，就和我一起度过吧——

这句没有机会说出口的话，永远留在了心的心中。

*

心不知道为什么想起了这件往事。

他让马停在身边，出神地仰望着天空。

刚才阿莫罗特村的男人所说的话再一次浮现在他的脑海中。

——既不属于地上也不属于雅戈泰的你，今后将连一个安身之处都没有了吧。

双纤细的手，“对不起，丽莎……”

心站在他们两人的背后，轻声道：“不可以……明日菜。”接着，他环顾周围，发现格拉维斯正发出强烈的光芒，“原来是这个！”

心飞奔过去，拔出短刀，哥哥的那把短刀，劈向格拉维斯。

短刀一下子被弹开了，似乎有一股看不见的力量把心的身体远远推开。

可是——

心再次冲向格拉维斯。

举起短刀狠狠扎下。

狠狠扎下。

狠狠扎下——

看不见的壁垒将所有的攻击悉数反弹回去。

即便如此、即便如此——

他依然一边大叫着“明日菜！明日菜！”一边举起短刀狠狠地扎下。

丽莎突然看向心，“亲爱的……我认识那个孩子，为什么？”

森崎把两手放在她的双肩上，温柔地微笑道：“丽莎，安身之处，很久以前，心就已经失去了。

因为对于心而言，只有瞬的身边才是他真正的“安身之所”。

——是你自己选择了永远流浪的生活。你就不断地后悔去吧！

心静静地闭上双眼——

“啊！”他突然跳了起来。

以前的自己根本无法看见的东西，不知何时能够清清楚楚地看见了——没错，就像曾经的瞬一样，即便远在千里之外，现在的心依然能够清晰地感受到她的动向。

“难道是……”心跃上爱马。

马蹄飞扬。

他想到了。

如果现在的自己还有安身之处的话，

那就是——

“明日菜！”

似曾相识的场景又在明日菜的眼前上演。

高高跃起在半空的心挥刀斩断抓住明日菜脖子的夷族的手臂。

从夷族的魔爪下脱身的明日菜无力地跌落在地。

心一边守护在不断咳嗽的明日菜身边，一边暂时牵制住夷族——

他猛然发现，“天亮了！”

心的话如同信号一般，东方的天空随即射出一缕阳光。

朝阳一照射在身上，夷族们身体的表面就像是被烧伤一样。他们慌慌张张地潜入地下，消失不见了。

地面上只剩下心和明日菜两个人。

“幸好你没事，明日菜。”心向瘫倒在地的明日菜伸出手。

明日菜拉住他的手站了起来，“心，谢谢你救了我。”她由衷地高兴。

那份喜悦远远超过听到心说应该杀了他们时的痛苦。

“之前都没有好好向你说声谢谢。”

听到明日菜的话，心不好意思地移开了视线。

“在我头脑开始思考之前，身体就自己行动起来了，并不是我主动想来救你的。”

明日菜双眼一眨不眨地盯着心。

“干……干什么呀！”

心狼狈的样子看起来挺可爱的。

“你眼睛的颜色和瞬有点不同哎。”

“啊，哥哥的个子稍微高一点，头发的颜色也不太一样。”

听到心的话，明日菜微笑起来，“没错，仔细看看，还是个小孩子嘛。”

“你……你不也是个小孩子嘛！”心说。

明日菜停了一下，开口道：“心毕竟不是瞬啊。”这句话并不是为了确认什么。

“你还在纠结……”说了一半的心把下面的话吞进了肚子里。

明日菜哭了。

她并没有擦拭脸颊上成串的泪珠，“那是因为、那是因为……”

心回想起老人说过的话。

——生命就成为了更大的事物的一部分。

——痛痛快快地哭一场吧。

心注视着抽抽搭搭哭泣的明日菜——

“别哭了！”他大声地说。接着，一下子趴在了自己的膝盖上，“哥哥……”

随后，两人放声大哭。

也许，这是他们两个第一次真正接受瞬的死亡。

*

森崎的双脚浸入水中。

使劲踩——脚下已经不是岩壁了。

他激动地喘着粗气，“已经……到了吗？”

这个念头刚一出现，全身的力气就一下子消失了，森崎瘫倒在地上。

他终于从常人几乎不可能攀爬的绝壁上爬了下来，自然不可能还有多余的力气。森崎把脸浸在水中——

直起身体，“威达之水吗……感觉力量又恢复了。”

环顾四周。

这是一个奇异的空间，到处都是巨大的水晶般的物体。

“这里是克查尔特的墓场吗？”

接着他迈开步子。

不一会儿，森崎走到一个悬浮在半空中的黑色球体的面前。

他想起在老人家中的书房里读到过的文献。

“这个……就是生死之门？”

森崎触摸黑色圆球。

不——是想要触摸。

可是整条手臂一下子被吸入黑色圆球之中。

接着，他的整个身体都陷入圆球中。

眼前是满天的星空。

应该不存在于雅戈泰的、洒满星星的天空。

周围三百六十度都是无边无际的、无边无际的草原。

森崎慢慢举步。

目标是一座岩石台，他把那块格拉维斯的碎片放在石台上。

什么都没有发生。

然而，片刻过后——

格拉维斯突然绽放出耀眼的光芒。

随后，原本是碎片的格拉维斯恢复成水晶形态的完整形状。

同时，天空中出现了——

“谢库纳·威玛纳！”

巨大的船只一边缓缓下降，一边转化为一种奇异的形状。

如果要比喻的话，就像是一个巨大的、四肢匍匐在地的巨人。

它沉重地降落在地面，全身睁开无数的“眼睛”。

“这是……雅戈泰的神灵！”

那些眼睛在森崎面前纷乱地眨着。

一个“声音”在森崎心中响起。

森崎喃喃自语道：“让我说出愿望吗？”

森崎的双拳紧紧握起，闭上眼睛，呼地吐出一口气。

这个时刻终于来了。

“这十年间……”无数的回忆在心中翻涌，“我一刻也没有忘记。曾经努力地想要忘记你的死。”

可是——森崎摇摇头，“还是不行，没有你的世界对我来说毫无意义。”

接着，森崎说出了自己的愿望。

毫不犹豫、毫不犹豫地叫了出来，“丽莎！ 回到我的身边吧！”

刹那间，格拉维斯绽放出炫目的光芒。

同时，“神灵”前方的空间出现一道闪亮的裂缝——

裂缝中射出无数条红色的光线，在森崎面前盘曲缠绕。

片刻之后，光线幻化成一个模模糊糊的人形——

慢慢的、慢慢的，轮廓越来越清晰。

之后出现的是……

无日无夜不在思念的丽莎的身影。

“是……丽莎吗？”

森崎想要伸手触摸，但是，那只不过是液体——威达之水组成的人形而已。

“为什么？”在轻声自语的森崎面前，那无数只眼睛又一次眨动起来，神的声音在脑海中回响，“让我交出用来放入灵魂的肉体吗？”

森崎的心中瞬间升起一片可怕的黑色迷雾。

*

过了一阵子，哭泣的两人站了起来，互相对视——

这时响起了一阵庄严的钟声，心和明日菜抬起头。

天空中是缓缓飞过的神灵乘坐的巨船。

“那是……”

“谢库纳·威玛纳！ 它正飞向生死之门！”

“对了！ 老师……”

“天使长已经抵达那里了吗？！ 威玛纳是载走生命的船啊？！”

载走生命的船？

怎么可能！

森崎明明说那是神灵乘坐的船。

然而——谢库纳·威玛纳正慢慢下降，朝着森崎所在的菲尼斯·特拉飞去。巨船在两人面前缓缓沉入菲尼斯·特拉的巨大深渊，消失不见了。

“菲尼斯·特拉……我本来以为是在一个非常遥远的地方，原来我一直在黑暗中原地打转……”明日菜说。

心发现身后走来的身影，“克查尔特！”

一头巨大的克查尔特向他们走来。

有着人类肤色、人类体形、残缺不全的克查尔特。

心认识它，它就是吞下咪咪的那头克查尔特。

“明日菜，这头克查尔特……”话一出口，心又犹豫起来，最后还是没有说出下半句，他转开话题，“大概它是为死而来的吧。”

克查尔特开始吟唱起来。

美丽的、让人感觉不属于这个世界的、混合着悲伤和喜悦的歌曲。

“克查尔特死之前都会这样，把所有的记忆都放入歌声中留下。歌谣会以各种形式流传到各地，化为空气的振动代代相传，也会不知不觉融入我们的体内——就这样被永远留存在世界的某个角落。”

歌曲——

这次旅行的开端，也就是那时听到的那首“歌”——

“我那时听到的是……”明日菜觉得这也许就是瞬所吟唱的那首歌吧，“心，我必须要到老师身边去！”

“但是，那座悬崖……”

“这头克查尔特说可以带我们下去！”

真是不可思议！

明日菜竟然能够听懂这头克查尔特的话。

心对此毫不怀疑。

因为这头克查尔特吞下了咪咪。

两人并肩站在克查尔特的面前，克查尔特的嘴巴大大地张开，把两人吞了下去。

没有一丝害怕的感觉。

此时的明日菜并不知道有个词叫做“回归母体”，她只是感受到一种如同回到妈妈臂弯中的舒适、安全的感觉。

随后，克查尔特站在菲尼斯·特拉的深渊边，慢慢地俯身向下。

克查尔特头下脚上地坠落，经过了一段漫长的距离后，猛然扎入威达之水的瀑布中。克查尔特的身体在威达之水中慢慢溶解。

明日菜和心两人手拉手掉落在威达之水的瀑布中。

*

不久之后，落入瀑布潭中的两人穿过了威达之水的水洼——克查尔特的墓场，来到黑色圆球的面前。

心和明日菜对视一眼，同时点了点头。

——走！

向着黑色圆球迈出一步。

和森崎一样，两人被吸入黑球之中，到达了繁星满天的草原。

“星星……”明日菜说。

“这是……星星吗？”心问道。

“是明日菜吗？”森崎在某处发出一声像是绝望般的叹息。

他的面前是一个有着四条腿和无数眼睛的怪物。

“明日菜……我不希望你出现在这里……”

明日菜不会忘记森崎眼中流下的泪水。

半空中的裂缝发出强烈的光芒。

光线直直地射向明日菜。

明日菜犹如被割断线的木偶般软软倒下。

“明日菜！”心跑过来，抱住明日菜的身体，“明日菜……”

威达之水从明日菜的身体内渗出。

再怎么用力擦拭，水还是不断溢出，不一会儿，明日菜的身体就已经被威达之水完全包裹了。

“死者的灵魂进入明日菜的身体……”心生气极了，觉得自己的头发都一根根竖了起来，“天使长！这就是你的选择吗？”

森崎没有回答。只是慢慢地走向明日菜和心。

“明日菜！决不要交出自己的心！否则就回不来了！”

威达之水发出光芒。

“明日菜！明日菜！”心不停地叫着，明日菜在他的臂弯中慢慢地直起身体。

然后——

“好冷啊……”她说着抱紧了自己的身体，“亲爱的，你在哪里？”

森崎倒吸一口凉气，“丽莎！”接着拔腿跑向明日菜。

这时谢库纳·威玛纳的眼睛再次转动起来，森崎的脑袋猛然向后一仰。

他的右眼完全被挤破了，左眼中也流出鲜血。

那只八音盒从森崎的手中掉落，被他凌乱的脚步踩得粉碎。

森崎边回头仰望背后的谢库纳·威玛纳边问道："难道仅仅那个少女还不够吗？"

作为代价——

听到那句话，"明日菜"有了反应。

"亲爱的……？"

"明日菜！"

她对心的呼唤听而不闻，用一种和平时的明日菜截然不同的、恬静沉稳的声音说道："亲爱的，你在那里吗？"

"明日菜，坚持住！"

明日菜没有理睬心的呼喊。

心把明日菜平放在地面上，接着马上跑向森崎。

森崎慢慢地向着明日菜——丽莎走来。

"天使长！ 把明日菜还回来！"直到此时，心才发现，"你……你的眼睛……"

"太晚了，我已经付出了代价……"森崎从心的身边走过，"丽莎，我在这里……"

被鲜血染红的、模糊不清的视野中是让他刻骨思念的丽莎的身影。

"亲爱的……你怎么了？ 好像老了一点。"

森崎无法压抑眼中溢出的泪水，用颤抖的双手覆盖住那

你待在这里。”说着，他从口袋里掏出小刀，回头看了一眼，“我马上回来。”

森崎向心走去。

“明日菜！”

心依然在猛扎格拉维斯。

不停地扎。

“明日菜！　明日菜！”

终于，刀刃崩断了。

即便如此，他依然不停地举起哥哥给他的短刀。

突然，一把小刀抵住了心的脖子，“你给我停下来，丽莎是无辜的！”

心急促地喘息着，奋力挣开森崎的控制，“活着的人才是最重要的！”

他大叫着举起短刀扎向格拉维斯。

强烈的光芒四射而出。

*

此时，似乎觉得有人在呼唤自己，明日菜回过头来。

某个安静的房间中，瞬正坐在桌子对面，脸上是温暖的微笑。

“心？”呢喃声刚一出口，咪咪就跳到明日菜的肩上，在她脖子周围绕了一圈，又跳到桌上。随后端端正正地坐在瞬的面前。

瞬不慌不忙地说：“你要走了，明日菜。”

明日菜点点头，“嗯，再见。”

*

心扎下的短刀终于击碎了格拉维斯。

“啊！”

森崎被电击般飞速回头。

丽莎摇摇晃晃地倒下。

“丽莎！”飞奔过去的森崎一把接住她，“丽莎！”

倒在森崎膝盖上的丽莎伸出手，轻抚森崎的脸颊，“对不起，亲爱的。”

根本不需要道歉啊——

“我不能再守护你了。”

威达之水从丽莎的身体中渗出。

“丽莎！ 别走！ 丽莎！”

威达之水毫不留情地包裹住丽莎的全身。

“我爱你！ 我爱你——我一直爱着你！”

丽莎无奈地笑了，说出最后的一句，“你一定要幸福！”然后便闭上了眼睛。

一刹那，威达之水激射而出。

之后，剩下的就只有明日菜的身体了。

在泣不成声的森崎背后，谢库纳·威玛纳再次变化为船的形状。

心深深地呼出一口气。

全身脱力、双膝支在地上的森崎将刘海拢上额头，“杀了我……”他对心说，声音中夹杂着哭音，“杀了我吧。”

可是，心摇了摇头，“我听到了哥哥的声音。”

也许因为是身处“生死之门”中吧。

“他对我说要怀抱着失去努力地活下去。”

不知道什么时候起，天空变得一片蔚蓝。

谢库纳·威玛纳飞翔在云层间。

“这是降临到人类身上的诅咒。”

森崎的眼泪顺着脸颊流了下来，明日菜慢慢地张开眼睛。

“可是，那……一定也是一种祝福。”

明日菜转过身轻轻地抱住森崎。

心看着眼前发生的一切，继续说道：“明日菜……谢谢你能和我相遇。”

第十三章

三人回到“峡谷海”前。

在威达之泉前，森崎、心和明日菜面面相对。

“天使长，接下来你打算干什么？”心问道。

森崎平静地摇摇头，“我希望你别再这么叫我了，我背叛了天使长——地上已经回不去了。”

“老师，那么……”

森崎对欲言又止的明日菜点点头，“我会留在雅戈泰，我还没有放弃。在这个世界的某处，也许还有其他可以让丽莎复活的方法——我要去寻找。”

从他的语气中感受到了坚定不移的意志，明日菜和心都无言以对。无论下一次对方要求什么样的代价，森崎都会毫不吝惜地付出吧——恐怕这就是对心所说的“这既是降临到人类身上的诅咒，也是一种祝福”的挑战。

“心，你接下来打算怎么办？”明日菜问。

“我……”心似乎有些犹豫，“不能再回迦南村了——因为和阿莫罗特村的关系恶化了。”

“那……”明日菜刚开口又闭上了嘴。

地上的大气对雅戈泰人来说是有毒的，因此不能邀请心到地上去。

心点点头，“我……我打算和森崎结伴而行。虽然我不知道让人复活是不是正确的，但也许能够在旅途中找到答案。”

“这样……啊。”明日菜说着转向威达之泉，“那么……”

该说再见？就此告别？还是保重呢？总觉得都不太对。

“下次见。”明日菜说。

心微笑起来，“总有一天会再见的，明日菜。”

“走吧！”森崎催促道。

目送渐行渐远的两人，自己也飞身跃入威达之泉——

明日菜回到了地上世界。

*

那之后，又过去了一年。

*

“明日菜，毕业典礼要迟到了哦！”

“来啦！”

今天是沟之渊小学的毕业典礼。

明日菜穿着还有些陌生的初中校服朝玄关跑去。

“那我走了。”

“等会见。”妈妈说。

“嗯。”明日菜点点头，应了一声，沿着坡道往下走。

那时可真是天下大乱。

在雅戈泰逗留超过一个月的明日菜理所当然地上了寻人启事。森崎也同时失踪，应该说是非常不幸的吧，但在小镇上竟然出现了“那两个人私奔了”的传言——唉，也算是必然的结果。

妈妈并没有责备回到家的明日菜。

面对一边哭泣一边一迭声地说着“太好了、太好了”的妈妈，明日菜的心中充满愧疚。

警察也来询问过森崎的下落，不过她始终坚称自己对此一无所知。至于她自己去了何处，即便老老实实地说出来，也不会有人接受，所以明日菜什么都没有说。

回来之后，明日菜时常会想起在雅戈泰发生的种种——到了今天，她渐渐觉得那一切恐怕只是一场梦。

这也许就是时间的流逝，或者说是成长吧。

“啊，明日菜，早上好。”

“早上好，小优。”明日菜笑着向碰巧遇见的小优打招呼，接着就像是闲聊天气情况一样极其自然地开口道，“终于要参加毕业典礼了。”

“嗯……我很担心，不知道自己会不会哭唉。”

“没关系，我也一定会哭的。”

两人咯咯地笑了起来。

天空蔚蓝，风凉凉的，空气清新甜美，鼻端传来初夏绿叶的清香。

小学毕业，要成为中学生了。

对于即将踏入青春期的孩子而言，那是一个很大的分水岭。

沟之渊中学每个年级只有三个班，老师却比小学要多。不再像之前一样，由一个老师教授所有的课程，而是每个科日都由不同的老师来讲授，学习肯定要比小学的时候更难。

明日菜有一些不安，但同时又很期待。

明日菜和小优一边热烈地聊着小学时的趣事，一边沿着樱花飞舞的小道往前走。

沿着这条路走到沟之渊小学，今天是最后一次了吧。

两人不由得有些感慨——话虽如此，上了中学后其实依然可以走这条路去上学。

走过熟悉的坡道，穿过徒有虚名的商店街，不一会儿就走到了铁路道口前。

那之后，列车稍稍增加了几趟，前方是如往常般敞开的护栏，不过，清晨的这个时间段，有时候它也会频繁地关闭。沟之渊是一个“封闭的小镇”，可是这种情况可能也会发生改变。列车的趟数如果再增加下去的话，上班、上学就都可以乘坐列车了。等到明日菜上高中的时候，或许她可以去沟之渊之外的高中上学。

列车从眼前驶过。

明日菜忽然看向列车驶来的方向。

抬头望，是小渊的群山。

说起来，已经有一阵子没有去山里的那座高岗了，明日菜想。

下一个瞬间，她吃惊地倒抽了一口凉气。

高岗上似乎闪耀着蓝色的光芒。

（难道是……）

也许是真的……明日菜想，然后，作出决定。

今天的毕业典礼结束之后，她要去小渊山中的高岗。

也许，在那里——

后记

大家好，最近过得还不错吧？我是安岐坂朝日（AKISAKAASAHI）。

有一部从监制、脚本、美术设计到导演都由一人担当的出色的电影——我第一次听到新海诚导演的名字正是来自于某位朋友对《星之声》的如此评价。

当时，还是一个学生的我对此惊叹不已，这一切好像就发生在昨天。

你能不能把新海诚导演的作品改编成小说？当我听到这样的委托时，立刻回答："好的！"但挂断电话后，我就不断地自问："我真的可以吗？这可是'那个'新海导演哦？"

之后，发生了各种各样的状况，现在《追逐繁星的孩子》的小说版终于成书了。接下来，等你捧起书本阅读，这部作品就算是完成了。

接着，虽然很老套，但我得说一些答谢语。

在创作过程中，我总想写森崎的故事，起初还曾经提出“我想把它改编成以森崎为主人公的作品”，此时编辑O氏、编辑T氏给了我很大的帮助，他们的建议让我及时刹车（笑），让我能够在明日菜这个人物身上注入作为轻小说主人公的全新气息。

还有新海诚导演，他对我说：“请把它当做你自己的作品，自由地写吧！”听说他正在酝酿下一部作品，我热切地期待。

最后，要感谢读者们。

要感谢正在读着这篇后记的你们。

谢谢！祝福你们！

期待着能够再次见面的那天。

2012年8月吉日

安岐坂朝日

图书在版编目(CIP)数据

追逐繁星的孩子/(日)新海诚原作;(日)安岐坂朝日著;
叶嫂译.－上海:上海译文出版社,2014.7 (2023.7重印)
ISBN 978－7－5327－6631－4

Ⅰ.①追… Ⅱ.①新… ②安… ③叶… Ⅲ.①中篇小
说—日本—现代 Ⅳ.①I313.45

中国版本图书馆CIP数据核字(2014)第095456号

图字:09－2014－338号

追逐繁星的孩子
〔日〕新海诚 原作 安岐坂朝日 著 叶嫂 译
责任编辑/赵平 装帧设计/柴昊洲

上海译文出版社有限公司出版、发行
网址:www.yiwen.com.cn
201101 上海市闵行区号景路159弄B座
江阴市机关印刷服务有限公司印刷

开本 787×1092 1/32 印张 6.25 插页 6 字数 58,000
2014年7月第1版 2023年7月第13次印刷

ISBN 978－7－5327－6631－4/I·3990
定价:35.00元